春耕盛宴

刘林

百花洲文艺出版社
BAIHUAZHOU LITERATURE AND ART PRESS

图书在版编目（CIP）数据

春耕盛宴 / 刘林著 .—南昌：百花洲文艺出版社，2014. 9（2018. 12 重印）

（微阅读 1 +1 工程）

ISBN 978 -7 -5500 -1064 -2

Ⅰ. ①春… Ⅱ. ①刘… Ⅲ. ①小小说—小说集—中国—当代 Ⅳ. ①I247. 8

中国版本图书馆 CIP 数据核字（2014）第 195339 号

春耕盛宴

刘林 著

出 版 人：姚雪雪
组稿编辑：陈永林
责任编辑：张 越
出 版：百花洲文艺出版社
发行单位：全国新华书店
印 刷：龙口市新华林文化发展有限公司
开 本：700mm ×960mm 1/16
印 张：12
版 次：2015 年 3 月第 1 版
印 次：2018 年 12 月第 3 次印刷
字 数：128 千字
书 号：ISBN 978 -7 -5500 -1064 -2
定 价：29. 80 元

赣版权登字：05 -2015 -23

邮购联系：0791 -86895108
网 址：http：//www. bhzwy. com
图书若有印装错误，影响阅读，可向承印厂联系调换。

前　言

以“极短的篇幅包容极大的思想”，才能够以小胜大，经过读者的阅读，碰撞出思想的火花，震撼人的心灵。正因为这样，微型小说成为一种充满了幽默智慧、充满了空灵巧妙的独特文体。

如果说在二十一世纪的头一个十年，是互联网大大改变了我们的生活，那么在我们正在经历的第二个十年里，手机将更为巨大地改变我们的生活。如今，以智能手机为平台，正在构成一个巨大的阅读平台。一种新的阅读方式正不知不觉地走进大众的生活。一个新的名词就此产生，它便是“微阅读”。微阅读，是一种借短消息、网络和短文体生存的阅读方式。微阅读是阅读领域的快餐，口袋书、手机报、微博，都代表微阅读。等车时，习惯拿出手机看新闻；走路时，喜欢戴上耳机“听”小说；陪人逛街，看电子书打发等待的时间。如果有这些行为，那说明你已在不知不觉中成为“微阅读”的忠实执行者了。让我们对微型小说前景充满信心和期待的是，微型小说在微阅读的浪潮中担当着极为重要的“源头活水”。

肩负着繁荣中国微型小说创作、促进这一文体进一步健康发展的责任和使命，微型小说选刊杂志社推出了“微阅读1+1工程”系列丛书。这套书由一百个当代中国微型小说作家的个人自选集组成，是微型小说选刊杂志社的一项以“打造文体，推出作家，奉献精品”为目的的微型小说重点工程。相信这套书的出版，对于促进微型小说文体的进一步推广和传播，对于激励微型小说作家的创作热情，对于微型小说这一文体与新媒体的进一步结合，将有着极为重要的作用和意义。

编者

2014年9月

目　录

与一只猴子相关的若干人生片断

一只猴子悄悄地闯进龙州饭店的会议中心，正龇牙咧嘴手舞足蹈地模仿着市长的举止。

A

毛小清给主席台下的领导续过水，一转身，一张毛茸茸的面孔猛地出现在她眼前。一声惊叫，咣当一声，手中的水壶掉在地上。

会场一下子安静下来了，与会人员都僵住了。

市长讲话被迫中断，所有人的目光聚拢在毛小清和这只来历不明的猴子身上。

毛小清哭了，心里有一种说不出的恐惧与后怕，她感到自己快变成一只龇牙咧嘴的猴子。

事后，毛小清受到严厉批评，并写出深刻检查——面对一只猴子，她处理这起突发事件不够沉着冷静，导致龙州市一次重要会议中断达二十分钟之久，让市长的美好形象严重受损。

事隔不久，毛小清调离会务部，下放到清洗部当一名清洗工，在市机关当公务员的男朋友也莫名其妙地跟她吹了。毛小清人生的失意是从看见这只猴子开始的，在别人眼里她也成了一只龇牙咧嘴的猴子。

B

保安谢大刚听见那声尖叫，一口气冲向会场，他看见过道上那只猴子。猴子旁若无人，连市长也不放在眼里。

谢大刚一眼断定这是只经过驯养见过世面的猴子。

谢大刚急中生智，从口袋里掏出两块巧克力，巧克力是晚上为一漂亮女孩准备的，没想到临时派上用场。谢大刚一边上下抛着巧克力，一边向猴子靠拢。

猴子发现了巧克力，向谢大刚靠近。谢大刚离猴子越来越近，突然将两块巧克力一前一后抛向猴子，乘猴子去抢巧克力时，谢大刚猛地向前一扑，双手紧紧逮住猴子，并迅速将嗷嗷直叫的猴子带离会场。

市长当场高度表扬了机智勇敢的保安谢大刚。

事后，龙州饭店隆重表彰谢大刚，并将临时工谢大刚转为正式员工，又破格提拔为保卫部副部长，谢大刚还在这个季节收获了梦寐以求的爱情。

谢大刚带着漂亮的女朋友去看望那只猴子，猴子到底还是猴子，但他从心里感激这只猴子。

C

其实，那天处级干部王满强第一个发现了过道上的猴子，他差点失声叫起来，也就是那么一刹那间，王满强让自己镇定下来。他泰然自若地谛听着市长的讲话，心里却翻腾开了：在这个官场上，他的功夫还远未修炼到家，一张猴子的面孔就让他几乎控制不住自己，接近失态，一只猴子就差点让他成了大小官员眼中的猴子，要是刚才他叫出声来，会议因此中断，他恐怕就成了市长眼中一只令人厌恶的猴子。

王满强感到一阵后怕，汗如雨下。他发现越来越多人看见了这只模仿着市长举止的猴子，但一个个都视而不见，正襟危坐倾听着市长的发言，用心领悟着市长讲话的精神。面对其他官员的反应，王满强感到一阵羞愧，这他妈的官场，这人啥时成了猴子，这猴子啥时成了人……

事后，王满强一次又一次去动物园看那只猴子，有时他把笼中的猴子看成官场中的人，有时又把人看成笼中的猴子，每一次王满强都不虚此行，每一次王满强都有新的顿悟与发现。

D

耍猴人来到陌生的龙州市，带着一大一小两只猴子踏上了龙州市东壶大桥。一只朝夕相处的大猴子突然挣脱，朝桥头边的龙州饭店蹿去。龙州饭店上空飘着花花绿绿的气球。耍猴人愣了一下，才慌忙牵起小猴追赶。但大猴子一晃就消失得了无踪影。

耍猴人被保安拦在了门外。保安任凭耍猴人磨破嘴皮也绝不允许他踏进龙州饭店半步去找他的猴子。

耍猴人在门外徘徊着，一边望着龙州饭店，一边跺着脚。耍猴人是靠这一大一小两只猴子，养家糊口，供养上大学的一儿一女。这只猴子丢了可就断了一家人的生计。

一辆警车开进龙州饭店，不一会儿，耍猴人看见缓缓驶来的警车里的猴子，他冲上去讨要自己的猴子。

警察不由分说地将耍猴人带上警车，押回派出所。耍猴人被处以拘留十五日的处罚，一大一小两只猴子被送进龙州动物园。

耍猴人从拘留所出来，直奔龙州动物园看望自己的两只猴子，一大一小两只猴子冲他嗷嗷直叫。

耍猴人呆呆地望着这两只原本属于自己的猴子，突然转过身，踉跄着离开。一大一小两只猴子在身后冲他伤心地嗷嗷直叫。

几天后，《龙州日报》在报角刊登一条短消息：一个流浪汉不幸失足跌入龙江溺水身亡，经警方确认，流浪汉溺水身亡是酗酒所致，并经附近一饭店保安确认，这个流浪汉系前几天在此一带出现过的耍猴人……

表姐舒云

舒云是我表姐，我和表姐生在一个山窝窝里，两家门对门，中间隔着一大片田园。表姐比我早一百天来到世上。我长得像截木炭，不好看也不难看。小时表姐就很周正。长到十四五岁，表姐出落得跟天仙似的。女大十八变，天仙般的表姐变得就像挂在墙上的一幅画儿。我却越长越让人失望。我娘说我和表姐一个是从黑土里拱出来的，一个是从天上掉下来的。

山里人都说我和表姐不像一对表姐妹。表姐是落在山窝窝里的一只凤凰，点亮了山里的半边天。

刚跨过十八的坎儿，我就被山里的一个黑小子看上了。黑小子立马请媒婆上俺家提亲。娘乐得合不拢嘴，娘一眼看上黑小子。我瞧不上他，要是两截黑木炭天天腻在一起，这日子过得叫啥滋味。娘说山里女人嫁的是日子，过的也是日子。黑小子是过日子的人，娘不会看错人。我心里老大不乐意，可架不住黑小子的死缠硬磨，以及娘的怂恿，我一糊涂就咬牙嫁了。

娘的眼光没错，黑小子是过日子的好手。我跟黑小子过的是实在日子。可俺心里却缠着一丝丝遗憾。

表姐这只凤凰孤零零地栖在山村的树枝上，我的儿子都会在地上跑了，表姐的门前连上门提亲的人也不见。娘叹道，这山窝窝里的男人没一个敢娶你表姐，骨子里都觉得配不上，怕不会长久……

我跺着脚说，这山窝窝的男人都瞎了狗眼，心跟马蹄印里的水一般浅，我要是男人，生着法子把表姐给娶上门，疼爱她一辈子。

娘瞪我一眼说，你要是男人，这山窝窝就闹翻天啦。

我喜欢表姐，常去表姐那儿，我喜欢挨在表姐身边静静地看着表姐，看着看着就陷进去了。表姐太美了，是那种震撼人心的美，纯净空灵的美……在表姐的身边我感到心格外安静。

表姐的婚姻一直不见动静，舅娘急在心里，表姐一点也不急，安安静静地过着日子。

表姐终于订婚了。表姐的男人是城里人，大冬天他跑到山里打猎，看到正在溪边洗衣的表姐。表姐洗完衣就往家走，晾完衣服才发现门前站着一个陌生的男人。事后表姐才知道这个城里人盯着她看了半天，又一路跟到家门口。

表姐很快嫁进城里。山里人都说表姐没有白长一张漂亮的脸蛋。娘叹口气说，你表姐终于出嫁了。

表姐出嫁了。我不知道娘为啥叹气。娘的叹息在我心中罩上一团雾气。

嫁到城里的表姐很少回来。表姐夫是城里一位局长的公子，回来时表姐孤单单一个人，表姐夫再也未进山打猎。

表姐一回娘家，我就去看她。我喜欢表姐，我常恨自己不是男人。婚后的表姐不见半点变化，表姐一个人静静地来，又悄悄地走。

娘每次叹口气跟我说，你表姐是画里的仙女。

我听不懂娘的话，不明白娘为啥连夸表姐时也跟着叹息。

娘白我一眼说，这世上的事咋就不过你的脑子。

娘说的没错，我从小不太爱琢磨事儿，这世上的事太深奥复杂了，我这样笨的脑袋哪对付得了。不过，那黑小子就喜欢我的笨拙简单。

表姐进城两年多，男人就和她离婚了。

回娘家时表姐静静地跟家人说了离婚的事。

我死死盯着表姐，表姐还是那么美，表姐的星空还是那么深邃璀璨……我恨自己不是男人，不能把表姐给娶上门，疼爱她一辈子。我偷偷地跑到城里，找到那个娶走表姐的男人，一巴掌抽在他的脸上，问他凭啥害表姐？

那个男人痛苦地揪着头发告诉我，他太爱表姐了，不过他感到表姐这人太可怕，简直不像这人世间的人。表姐是一个完美的女人，美丽、

纯净、优雅、善良……表姐时时让他感到自己身上的罪恶与丑陋，他对表姐又爱又恨……

我呆了。我想起了娘的话。我忽然泪如雨下，泪水狠狠地砸在心坎上，心里生疼。

我灰头土脸地回来了。我真恨自己不是男人。

两年后，表姐结婚了。这回和表姐结婚的男人是一家公司的老总。婚后他陪表姐回了娘家，我悄悄地问他是不是真的爱表姐？他大笑着对我说，你放心，我不爱你表姐能和她结婚嘛！我太爱你表姐了，我会一生一世爱她，让她幸福一辈子。

这个男人的话还萦绕在我耳畔，一年不到，这个男人又离开了表姐。

我攥紧拳头去找这个男人算账。这个男人和第一个离开表姐男人的理由一模一样，他同样对表姐又爱又恨，在圣女般的表姐面前，他感到自己的卑劣……

我想起娘的叹息声，心格外地疼痛。

表姐一个人生活着，表姐格外恬静优雅地在都市里行走着。我常去城里看表姐，表姐还是那么优雅完美。

三四年后，表姐又结婚了。这回和表姐结婚的是一个跛脚的男人。这个跛脚的青年在巷子口摆了个修单车的小摊，表姐常上他那儿修车，一来二去，对方爱上了表姐，爱得死去活来。

让人想不到的是，表姐竟和这个青年结婚了。

消息传回山里，大家都怪表姐太草率了，但都在心里松了口气，这回，表姐再也不会离婚了，这个男人不会再离开表姐了吧。

娘却一声接一声叹气，说，你表姐是画里的人，这辈子遇不上一个真正懂她的人。

我恨恨地跺着脚说，我懂表姐。

这回一年不到，那个青年人就和表姐离婚了。

消息传回山里，我冲着天空喊：表姐……我哭了，我痛恨自己咋不是个带把的男人。

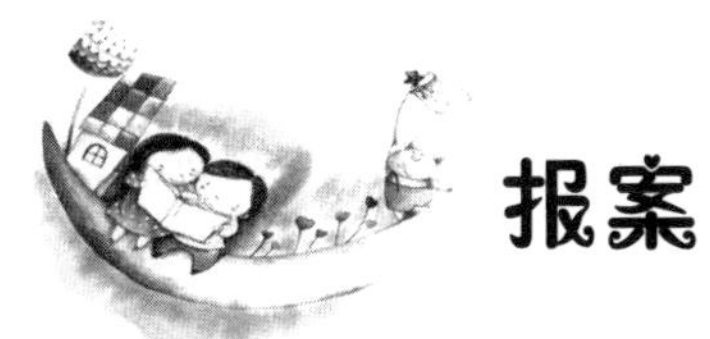

报案

A

警察闯进门来时，王小柔正在屋子里唱着歌。王小柔望着警察，嘴巴张了又合，合了又张。警察说明来意，王小柔才晓得吴刚瞒着她报案了。

吴刚，他咋这样做……王小柔一时呆呆的，满脑子塞着吴刚陌生的脸孔。

吴刚是王小柔的男朋友，交往了两年多，俩人再往前走一步就该婚姻了。王小柔在心中磨了很久，还是将那天夜里发生的事原原本本告诉了吴刚。吴刚一听要去报案，说怕这家伙不会死心，一次熄火了还会再起火的。他心里放不下小柔的安危。吴刚眸子里闪着亮光，王小柔心里很受用，吴刚对她很在意的。王小柔瞟了吴刚一眼，说他真的不是个坏人，我想给他一次改过的机会。

吴刚没再说什么，王小柔也没再说什么。俩人都紧闭着嘴巴。后来两人不知怎么就倒在床上，吴刚的手在她身上游走着，还弄出一些奇怪的声音。从头至尾，吴刚都在起劲地忙活着，王小柔的火却一直未点起来，如同吴刚在灶子底下弄了老半天，那铁锅还是冷冰冰的。

王小柔当时以为拦住了吴刚。

B

几天前一个月圆之夜，后来王小柔用上一句时髦的歌词：都是月亮惹的。王小柔加班加到很晚，在电梯里和谢成立遇上了。谢成立朝王小柔点点头，王小柔也点点头。谢成立眸子里泛着亮光。各自的公司在同一栋写字楼，上下班乘电梯时常碰见。走出办公楼后王小柔沿着林荫道慢腾腾地往回走，月光躲在城市灯光的后面。王小柔租了个老旧的两房一厅，她摸着黑上到五楼，男友吴刚时常出差，这趟出去要后天才回。进门时王小柔小声地哼起歌，王小柔喜欢唱歌，歌声能赶跑身边的冷清。突然一个人从门缝里挤进来，从身后抱住她。王小柔吓了一跳，嘴巴一张一合，却一点声音发不出来。

小柔，我喜欢你，看见你第一眼我就打心里欢喜上你。

王小柔猛地回过头，没想到竟是电梯里碰见的谢成立。王小柔心定了些，朝谢成立喊：成立，放开我，给我出去。

小柔，我真的欢喜你，知道你有男友了，可我还是管不住自己。今晚见你一个人走夜路，我就跟上了。小柔，对不起。谢成立双手紧箍着王小柔，猛地抱起她，往卧室走，把她扔在床上，猛扑上去。

谢成立眸子里泛着泪花。王小柔心中一痛。

成立，你要是真心喜欢我，就该打心里尊重我，而不是用这种强迫的方式。王小柔冲他喊了声。

谢成立呆住了，突然放声哭了。小柔，对不起，我是真心喜欢你，可我还没学会尊重你。对不起，小柔，再见。

再见。王小柔说。

谢成立的眸子里闪着亮光，目光落在床上的十字架上，那个十字架是王小柔贴身佩带的。谢成立悄悄地把它攥在手心里。

C

王小柔力图平静简单地还原了当时的现场。

他是真的喜欢我。王小柔望了警察一眼反问。

请你如实告诉我们，你喜欢他吗？警察望了王小柔一眼说。

我对他没感觉。王小柔摇了摇头说。

我跟男朋友的感情一直很好。王小柔补了一句。

你跟犯罪嫌疑人平常有往来吗？

没有。王小柔有些不明白警察话里的意思。

我和他常在电梯里碰面。王小柔又补了一句。

他扯烂了你衣服，这事是否属实？他是在你的反抗下中止犯罪行为的？

他自己中止的。不。他没有犯罪，他是真的喜欢我，当他学会了尊重我，他就没了侵犯我的意思。王小柔不知道怎么跟警察说清这件事。

这么说他不是自行中止犯罪行为的。

他是自行放弃犯罪行为的，我只对他说了一句话：成立，你要是真心喜欢我，你就该打心里尊重我，而不是用这种强迫的方式。

这句话救了我，也救了他。王小柔又补了一句。

王小姐，你说的这些涉及犯罪心理学，在这里我们不便讨论这些事。警察望了王小柔一眼说。你说的我们都记录在案，谢谢你的配合。

警察走后，王小柔突然想哭，却哭不出声来。

都是月亮惹的祸。王小柔情不自禁唱了起来，泪水在脸颊蠕动着。

D

吴刚，你报案了。警察走后，王小柔拨通了吴刚的电话。

嗯，报案了。

吴刚，我们不是说好了，不报案的，给他一次改过的机会。

我怕你再出事。给了他机会，将来我咋办？吴刚气鼓鼓地说。

我没出事呀，我不是好端端的嘛。他真的没对我做什么。

我没说你不好。他非法侵入住宅，都撕烂了你上衣，他都犯罪了还没对你做啥。

你还是认为我出事了。

我没有。

他不是一个坏人，我不想因为一次过错就毁了他一生。

他不是坏人，那我是坏人。吴刚越说越僵。

他是真的喜欢一个人，当他学会了尊重一个人，他就没了侵犯别人的意思。

那我不喜欢你，也没学会尊重你。

我没这意思。

那你啥意思，是不是也喜欢他。

吴刚，你混账。王小柔大叫着摁断了电话。

王小柔呆立着，突然泪如雨下。

E

在龙州第二看守所的会见室。

王小柔见到了谢成立。

成立，对不起。

小柔，该说对不起的是我。

别这么说。

谢成立突然朝王小柔摊开掌心，小声地说，这个十字架是从你那偷走的，我一直带在身上，我把它藏在手心才带进看守所的。小柔，我把它还给你，一想到是偷来的我就浑身难受。

王小柔接过十字架，放在谢成立的掌心里，说成立，现在我把它正式送给你。

十字架在谢成立的掌心闪着迷人的光芒。

罗桑到底说了什么

有人吹哨子时，马莉、罗桑、纪兰、黄梅、晓星、秋艳和我都会像一只只鸟从都市的各个角落飞到一块。我们这些一身小情小调琐碎的小女人，平日像一尾尾小鱼儿潜藏在闹哄哄都市生活深处，被闷得透不过气来，一旦能露头了，这时一个个奋不顾身地跃出水面，大口大口地吸着外面的气息，叽叽喳喳地喝茶拼饭局，倾诉各自的心事。

十天半月，我们就会有人吹起哨子，完成一次放纵心情的聚会。有时我们也会打心底厌烦这种聚会，但一有人吹哨子，我们又欢跳着飞过来落在一块儿，纷纷敞开小女人的心胸。一旦久久不见人吹哨子，我们又都在心里隐隐期盼着。

十五的晚上，映照着月光和灯光的河面上，我们聚在河当中的游船上，闹哄哄地亮着小女人的心，纷纷加入到倾诉和聆听之中。这回罗桑吹的哨子，一向看上去开心快乐的罗桑平日像个宽厚的大姐姐，喜欢静悄悄地聆听我们的心事，这天晚上她却和我们一样，变成一个醉心于倾情诉说的小女人。

第二天，周末，我还在睡回笼觉，马莉的电话惊醒了我。

“芳芳，你知道吗？罗桑大姐……”马莉呜咽着说不出话。

“马莉，罗桑大姐咋啦？”我有种不好的预感，感到心被猛地拽出体内，痛得想大叫。

“芳芳，罗桑大姐昨晚走了，芳芳，罗桑大姐那么心善的一个人，咋说走就走了呢。芳芳，罗桑大姐咋走上这么一条绝路，用刀子割了手腕，血流了满满一地。”马莉突然失声大哭。

罗桑大姐是我们心中的一盏灯，这盏心灯突然灭了。

“罗桑大姐……”我跟着哭了，在奔涌的泪水中，我看见一条清澈的河流，罗桑大姐的鲜血一朵朵开在河流上。

“芳芳，昨晚罗桑大姐一直在说话。芳芳，你听到罗桑大姐说什么吗?”马莉哭着问。

“马莉，我实在没留意罗桑大姐说些什么，天啊，昨晚我光顾着说最近遇见的倒霉事，竟没听罗桑大姐在说什么……马莉，我问一下黄梅，黄梅坐在罗桑大姐身边，好像两人不时地说着话。”

我打给黄梅，黄梅也跟我一样还在睡回笼觉，一听到罗桑大姐走了，黄梅哭了，一边哭一边喊：“连罗桑大姐都不愿待了，这世上恐怕再也留不住一个善良的人了。”

我知道黄梅有絮叨的毛病，忙切断她的话问：“黄梅，昨晚你听见罗桑大姐说了些什么?”

“天啊。”黄梅失声大叫，“昨晚我竟一点没听罗桑大姐说什么。芳芳，你知道，我最近老纠缠房子问题，这心头塞得满满的，哪放得下别的东西。哦，我想起了，纪兰就坐在罗桑大姐旁边，好像两人说了不少话，芳芳，你问纪兰吧，纪兰大概知道。”

罗桑大姐昨晚到底说了些什么？是不是那些话里早透露出自杀的兆头？我的心像铁轨，一直被碾压着疼。我还是打了纪兰的电话。

一听到罗桑大姐的死讯，纪兰在电话里失声痛哭。纪兰说：“罗桑大姐就这样甩手走了，这世上还有什么值得人留恋的。”

听着这些话，我心上的痛在一次次加深，我轻轻问：“纪兰，你知道罗桑大姐昨晚说了些什么吗？她是不是话里有什么遗愿?”

“啊，昨晚我坐在罗桑大姐身边，丝毫没有留意罗桑大姐说什么。芳芳，你是知道的，最近我老被噩梦缠紧，晚上睡不好，白天老没精神，这心头还塞着些乱七八糟的事。芳芳，你说，我哪有心思去听罗桑大姐说话。我想起来了，秋艳就坐在我旁边，好像同罗桑大姐说了不少话，芳芳，你快问问看。”纪兰伤心地说。

我默然无语地摁掉电话。昨晚罗桑大姐到底说了什么？自杀前她又在想些什么？这成了一道谜，我多想有人能解答它，尤其是我们这些同罗桑大姐常常亲近的人，如果罗桑大姐有什么遗愿的话，我们更应该一

起来帮她实现。我又不死心地打电话给秋艳，秋艳倒是干脆，说："最近被评职称的事弄得心烦意乱，和罗桑大姐搭话时，压根儿没留心罗桑大姐说了什么。"她建议我问晓星，晓星和罗桑大姐面对面，两人聊了很长时间。

我没有再打晓星的电话，我已失去勇气，害怕从晓星那听到最后令我绝望窒息的声音。我已生活在高高的天上，窗外的都市高楼林立，马达轰隆，人欢车鸣，尘土飞扬，面对窗外都市满眼的风景，我忽然全身虚弱得一丝气力也没有，我像一块玉，被人狠狠地摔在地上，身心全碎了。

昨晚罗桑大姐到底说了些什么？谁也说不清，最后好像同大家一点关系也没有。那天过后，我的身心一直在痛，那晚罗桑大姐自杀前到底说了些什么？我真的不愿它成了一道谁也无法解开的谜。

水泊梁山

三哥是个精明的生意人，为人豪爽，粗中有细，俗中养雅，爱与我们这群舞文弄墨之人交往。三哥在家排行老三，不分男女老少，我们一律叫他三哥。那日，三哥又呼朋引伴，一起去郊外的桃李山庄。三哥说，这年头，大家都在赶返璞归真的时髦。

桃李山庄交通便捷，依山傍水，环境幽静，像一幅山水画。桃李山庄那些建筑也古色古香，宛若唐宋的古建筑遗落在这儿。

桃李山庄的菜颇有特色，什么东坡肉、驴打滚之类的让人回味无穷。但奇怪的是桃李山庄却门可罗雀，少有人来，似乎这么如诗如画的地方还鲜为人知。

三哥爱酒，逢酒必醉，醉酒后三哥变成了一个更加有趣的人，做了不少有趣的事。酒醒后三哥却不知自己干了些什么。我们一一道来，常逗得三哥自己也捧腹大笑。但三哥最让人佩服的是爱酒但不嗜酒，在生意场上滴酒不沾，从不误事。三哥和我们在一起却彻底放开了，说醉酒后不怕我们算计。

这回，三哥又醉酒了，醉眼醺醺的三哥忽然一拍桌子，对服务员说，百无一用是书生，去把你们老板叫来，放着这么一块风水宝地不会经营……

服务员把三哥当成了喝酒滋事的，赶忙去叫老板来平息事端。

老板来了，是个四十来岁的人。我们忙道歉说，三哥喝高了，喝高了的三哥爱搞点恶作剧。

老板却说他觉得三哥的话有道理，他是个书画家，和几个读书人合伙投资的这个山庄，现在收回成本遥遥无期，一直亏本经营，他正打算把山庄转让出去，只是对方价压得太低了才暂时未脱手。

三哥又是一拍桌子，说，这么好的风水宝地，你把它转让出去，真到了别人手里没准成了金疙瘩。

老板忙请三哥指点迷津。

三哥又一拍桌子，说你们这些读书人的脑袋就是不装生意经，你把这儿的名字改一改，就叫什么水泊梁山，那包厢不要叫什么春啊花啊雅之类的，干脆叫宋江、吴用、林冲、扈三娘什么的。

老板又惊又喜，请三哥继续指点迷津。

三哥口齿不清地说，你们这些人就是死脑子，你把这里搞得太雅了，少了俗气。越俗越好，越土越好，现在城里人就这点德性了。

老板连连点头称是。

三哥越说越起劲：这包厢上的墙上你挂什么书画呀，全给摘下来，统统砸烂，这都什么年代了。

老板忙问该挂什么？

三哥大手一挥，说你就给我在墙上挂些茅草、玉米棒子、辣椒串、高粱穗子、腊肠火腿的，客人到时不仅吃得尽兴，还会掏腰包去买这些绿色食品。这菜你就用农家的大铁锅炒，不要用液化气，要用稻草柴火烧。这城里人往上数不出三代都是泥腿子，他们的后代就剩下这点怀旧了。还有，这山上就放养一些鸡，想把生意做得更好，还得放上百几十条无毒的蛇，这蛇溜进了包厢是好事，城里人就专爱寻这种刺激。这水里放鸭子养鱼的，还要放点水鸟水草什么的，还有这吃的米要用原始办法舂出来，买几副碓回来，盖上一个大碓房，让客人酒足饭饱后去舂舂米，享受一点原始农耕的乐趣……

见三哥越说越邪乎了，我们忙打断他的话，对老板说，三哥酒后就爱扯这个噱头，见笑了。

三哥似乎还未尽兴，我们忙把他架上车走了。

老板在车后追着喊三哥。

几个月后，三哥又呼朋引伴，一起去郊外的桃李山庄。

想起上次三哥闹腾的事，我们犹豫了。

那天的事三哥全然不记得了。

到了桃李山庄，想不到这里竟真成了水泊梁山，一切竟跟那天三哥醉酒说的那样，但这里早已没了昔日的冷清，而是车水马龙门庭若市。

目睹着眼前的一切，我们面面相觑，三哥同我们一样既困惑又迷茫。

落锁

1

黑夜黑，红烛红。屋子里，摇晃的烛光，同黑夜咬着架儿。

隆冬的夜越深越觉荒凉，让人心里没底，夏至猫在窗子根下，手拴紧墙根的茅草，茅草绕着手，也缠紧了心。

夏至，半夜里去你叔洞房的墙根下闪个影儿，走个场子。娘咬着夏至的耳朵。

听房是大河古传的风俗。

夏至懂娘的心思，叔老大不小了，花大钱才买来个媳妇，男娃仔去听个房，讨个喜，叔早当爹，夏家这房血脉才能传下去。

那个大眼的姑娘哭哭啼啼做了叔的新嫁娘，被送入洞房。一想起那个大眼的姑娘，夏至的心上像团了把茅草。

墙上糊的泥巴年头深了，脱得七零八落的，细小的缝儿透着烛光。夏至贴着墙根儿，一心捕捉着洞房里的动静。

叔扯着鼾声。大喜之日，叔心里头得劲，陪客时敞开肚子，谁也挡不住，人喝蒙了，被娘搀进洞房。

大眼姑娘呢？咋听不见一点动静！

2

大眼姑娘闹翻了天，有好几次拿头去撞墙，要死要活的。她说自己

年纪轻不经事，被人贩子拐骗了，在老家有心上人，定了亲，求叔高抬手，放她一条生路。

娘一路好言相劝，说，妹子，都走到路中间了，怕是回不了头，俺也是本分人家，不会亏待你的。你都瞧见了，俺叔子身强力壮的，好脾气人又勤快，农活样样拿手，要不是落在这鸟不拉屎的山旮旯，哪轮到姑娘来挑他。妹子，回过头来想一想，你要是摊上个缺胳膊少腿的，人家可是下了血本花了大钱，你还不照样认命。说到底也是你跟俺叔子有缘。妹子，听嫂子一句话，把心安下来，落地生根儿，这日子就越过越安生。

是娘的话让大眼姑娘安了心?

几声啜泣声，抽丝般，像细小的针密匝匝地扎在夏至心上。

3

洞房的门是娘亲手落的锁。

脆生生的一声响，惊了夜，也惊了人心。

那把黑漆漆的大锁，挂在堂厅的墙上，闲了好多年。

娘落了锁，才安心地回屋。

大眼姑娘进门后，娘和爹都没安生过，有时一昼夜也没能合上眼。

大眼姑娘哭过闹过，寻过死，闹得叔心一揪一揪的。娘狠了心，一伸手拔了叔心头的苗苗，说俺家叔子，你想打一辈子光棍?这女人就像河边的柳条，插在哪活在哪，闹腾一通后，这心就安生了。

夏至不认娘的话，这大眼姑娘同别的姑娘不一样，怕是安不了心。

那天，娘上茅厕，让夏至替一会儿。娘一转身，大眼姑娘像逮着救命草，跟夏至说，小弟弟，看你是懂事理的好孩子，姐是被人贩子拐骗来的，你就帮帮姐，给姐家里捎个信，让家里人晓得姐人落在哪……

夏至心惶惶的，摇着头又点着头。娘进门时，夏至手心里多了一张纸条。

夏至，去玩吧。娘不愿夏至老待在这种场合。

出门后，夏至把纸条揉成一团，扔进棘蓬时，心一痛。

夏至偷来钥匙，紧着手脚开了锁，惊动了大眼姑娘。

谁呀？大眼姑娘问。

姐。是夏至。夏至上前，抓起大眼姑娘的手，急躁躁地说，姐，乘人都睡熟了，快走，俺送你出山。

大眼姑娘的手抖了一下。

4

夏至——

新娘子跑了——

夏至——

摸索着出了村子，夏至喘了口气，心刚落下来，身后的呐喊声就追上来。

一村人惊动了，沸腾了。

爹娘领着人沿着山道发疯地追上来，他们不能让到手的媳妇跑了。

夏至泄了心气，眼见爹娘追上来，拉着大眼姑娘藏到荆棘丛中。

夏至，你个连里外都不分的死鬼，你放跑了婶子，你叔就得打一辈子光棍，夏至，你要是放跑了你婶，你就不要再回头了，大江大河没有盖盖儿，俺养仔养出二百五……娘的骂声一声盖过一声。

大眼姑娘突然扯着夏至现了身。

娘冲上来，要撕了夏至。

大眼姑娘挡住娘，说嫂子，是我让夏至帮我逃的，这事怪不得夏至。

你刚才叫我啥？娘惊问。

嫂子，我不走了，夏至这孩子人好，夏家也不会坏到哪。我认命啦。

5

夏至在村里再也抬不起头，一直到长大成人，常被人当成玩笑对象。

大眼姑娘安心当了夏至的婶子。婶子对夏至好，也亲。

夏至的弟弟都娶了媳妇当了爹，夏至的亲事还不见眉目。这大山里

的姑娘没人看得上夏至，说夏至心眼儿实，跟了他怕是没好日子过。山里偏，山外的姑娘哪怕缺胳膊少腿的也不愿嫁进来。

过了三十夏至还单着身。

婶子心里一直内疚难过，觉得她害了夏至。

娘走时一口气不断，一直不肯合眼。婶子也是女人，晓得嫂子的心思。婶子噙泪说嫂子，你放心吧，夏至的亲事包在我身上，夏至这房血脉会传下去。

娘合上眼，放心地走了。

6

夏至的婚事是婶子一手操办的。

婶子尽心尽力，舍了血本，从人贩子手里挑了个模样周正又透着灵气的姑娘。

那姑娘跟当年的婶子一样，在老家有了心上人，定了亲，出来打工被人贩子拐骗了。

夏至让婶子把人放了，给姑娘一条生路，说她心里早有了心上人，怕是装不下别人。

婶子的手指头狠狠地戳在夏至的额头上，恨恨地说，你个死心眼，要不是婶子张罗，这辈子你都得打光棍。夏至，你在心里头也想想婶的难处，你一日娶不上媳妇，婶心里一刻也不安生。当年你都错了一次，还能再错第二次。夏至，这女人的命就像河边的柳条，插在哪活在哪，闹腾一通后，心就安生了，也认命了。

夏至闹不明白，婶子咋变得和当年的娘一模一样？

7

夏至被婶子搀进洞房。夏至第一次喝蒙了，醉得不分东西。他身子软塌塌的，粘在婶子身上。

婶子用身子撑着夏至，她懂得夏至心头的苦处，轻声说，夏至，婶

子不会看走眼，海欣这姑娘人好心善，待她安了心落了根儿，你和她的日子就算上了道，肯定越过越溜。

夏至，听婶的话，别犯傻儿。

夏至不说话，醉了，但心里头明白，婶的话一字字砸在他心底，夏至的心一直在疼。

婶子说了海欣几句，就出了洞房。

脆生生的一声响，惊了夜，也惊了人心。

还是当年那把黑漆漆的大锁，挂在堂厅的墙上，又闲了好多年。

洞房的门是婶亲手落的锁。婶子安心地回屋了。

婶落了锁，也锁紧了海欣的心。

婶。夏至一下子惊了心，他突然放声痛哭，婶，你落了锁，我咋带你逃啊……

大满和小满

1

棚屋里漆黑一团，两个烟头，一闪一闪地映着两张脸。大满猛嘬了口烟，说，小满，哥有话要给你说。哥，啥话你就说吧。

大满顿了顿，硬声说，这阵子俺哥俩下窑还得岔开，得留一个人在上面。哥，你这是为啥呀？为啥？这煤窑早晚得出事。俺俩不能把命都搭进去，得留一个给娘养老送终，得有一个给娘当孝子。

哥……小满叫了声。要不俺回家种地去。俺手头有了大概两万，再找人借点，哥，你该把春芳姐娶进门了。

小满，你听哥的，再熬个三年两载的，挣个三五万，回头就给你娶房媳妇。大满又猛嘬了口烟，那烟头立马就烧着烟屁股了。

哥，这窑俺不下了，再去找一份活干。小满低下头，吞吐着说。小满，下窑虽把性命搭在肩上，但挣的都是现钱，上哪儿干活能挣到这份现钱。小满，这是两万块，俺下窑了，你就在上面守着。大满狠嘬了一口，把烟头掼在地上，一脚踏在上面，用脚尖拧了几拧。

小满呆呆地望着大满闯入月色之中。浑浊的夜色从门缝里挤进来，一下子浸透小满的心。

2

小满做梦也没想到，煤窑果然出事了，哥再也没能活着出来。小满

就怪自己当时咋不拼命阻止哥下窑呢，咋不自己下窑，让哥留在上面。哥要是好端端地活着，就能回家娶春芳姐，给娘当孝子。

一天，煤窑老板一脚踹开门，往炕上扔了一大捆钱，嚷道，小满，别成天不像个男人。大满没了，你可白捡15万，回家娶房媳妇，天天搂着媳妇睡大觉多好……

小满从炕上挣起身子，一声不响地盯着煤老板。煤老板打了个冷战，一声不响地转身走了。小满趴在那捆钱上，狠狠地哭了一场。

3

回到家，小满修了房子，花了双倍的彩礼，硬是把春芳姐娶进门。小满不想让哥的女人嫁给外人。

娘知道大满人没了，不哭也不闹，常傻呆呆地坐着，空落落地望着大龙山。娘常常对着大龙山喊：大满——回家——

他和春芳对娘很孝顺。但他很内疚，仿佛被哥丢在地上的烟头烫伤了，心一直很疼很疼。

一天，娘突然问，大满，小满呢？小满愣了一下，他看着娘，娘把自己当成大满了。小满想了想说，娘，小满出门打工了，挣钱娶媳妇。娘很高兴，就说，大满，你也得挣钱给小满娶媳妇。小满听了也很高兴。

娘就一直把小满认成大满。渐渐地小满有时把自己也当成大满：春芳，小满呢？去哪了？春芳一句话不说，但眼里霎时涌出泪水。

在春芳面前，小满真把自己当成大满了。他甚至在心中恨起小满来，是小满夺走大满的女人。春芳发现了小满的不正常，有一天，春芳给小满留下一张纸条，说，小满，我走了，去找大满，你在家好好地待娘……

4

大龙山下，人们常见小满和娘坐在家门口一问一答。大满，小满呢？娘问。娘，小满出门打工了，挣钱娶媳妇。娘高兴地说，大满，你也得挣钱给小满娶媳妇。嗯，娘，大满挣钱给小满娶媳妇……

杀人犯

黄平原杀死了余刚，在心里一次又一次杀了余刚。第一刀抹在他脖子上，血喷了一地；第二刀插进余刚胸膛，把他的心挑出来；第三刀奔着余刚下身去的，一刀就把他的命根子割了。

我把余刚杀死啦。黄平原开始只是在心里反复念叨着，我是个杀人凶手。后来，黄平原一见人就憋不住地想说，我杀死余刚啦，我是个杀人凶手……黄平原怎么也掐不掉这可怕的念头，只好拼命地捂紧嘴巴。

大家看见黄平原突然捂紧嘴巴都很奇怪，后来一致想黄平原可能患了口臭。大家见了也就捎带安慰两句，说口臭不是什么病，治治就好啦。也有人提醒黄平原，说口臭虽不是什么毛病，但也不能掉以轻心，人体内脏的病变往往最先传导在口腔上，患了口臭最好去查查五脏六腑是否有病变部位，查清了心也就落了底。

黄平原觉得很好笑，他不敢开口说话，不敢松开捂住嘴巴的手，一松手他就怕自己会对人喊：我杀死了余刚。

大家对黄平原捂嘴巴渐渐习惯了。

见了人，黄平原死死地捂住嘴巴。到后来，黄平原发现自己的手似乎再也管不住嘴巴了，我杀死余刚这句话随时随地要从嘴巴里蹦出来。有时黄平原怀疑自己真的杀了余刚，他就是个杀人凶手，杀了人却好端端的没受到惩处，黄平原感到良心在煎熬着。

黄平原只身进了辖区派出所。一进派出所，手就从嘴巴上松开了，他使劲甩动着硬邦邦的胳膊，右胳膊已不习惯回到原来的位置。站在派出所的院子里，黄平原畅快地吸了一大口空气，七月的阳光辣乎乎地烤着他，黄平原抬头望着天上的大太阳，一下子流泪了。他觉得猛地自在

了，像一尾养在缸里的鱼，回游到江河里。

一个警察走过来，年轻帅气的面孔让黄平原心一跳，黄平原一头迎上去，说我杀了人，是来投案自首的。

年轻的警察吃了一惊，盯了黄平原一眼，手搭到他的胳膊上，却又拿开了。年轻的警察朝黄平原不好意思地笑了下，说跟我来吧。他把黄平原带到审讯室。

审讯黄平原的是派出所所长，姓李。年轻的警察在一旁记录。黄平原和李所长一起吃过两次饭，李所长很健谈，黄色笑话一串串跑出来。

李所长生冷地看着黄平原，挺了挺身子，问：姓名。

黄平原。

职业。

公务员。

单位。

人事局。

你杀人了。

我杀死了余刚。

余刚？余刚是你的局长，你杀了他？李所长惊得跳起来，问，什么时候的事？

前一阵子，我杀死了余刚。

哈哈，李所长突然放声笑起来，说，黄平原，你杀得了余局，大前天我还和余局一起吃饭的。

我早在心里杀死了余刚。黄平原猛地叫起来。我觉得自己成了杀人凶手，才来投案自首的。

黄平原，别再闹了，回去好好跟余局谈谈，把你跟他之间的过节化解掉。这样闹下去对你没一点好处。余局这个人还是很不错的，大家对他的评价很高。

李所长，我真的没杀人？

没杀人，你怎么杀得了余局！

我真的杀人了，在心里一次次杀了余刚，我就是个真正的杀人犯。

黄平原，你杀了余局，只是你心里幻想的行为。黄平原，我还是那句话，别再闹腾了，回去后好好跟余局谈谈，把两人之间的过节好好化解掉。余局这个人真的很不错。

李所长，我不能走，我真的杀了人，现在我无法饶恕自己的犯罪行为。黄平原跺着脚说。

黄平原，你不走，那只好让人事局来领回你。李所长瞅了黄平原一眼说。

人事局来人了，领走了黄平原。大家见到黄平原都不说话，不知该说些什么。

黄平原说了，一见大家他就说，我杀了余刚，我是个杀人犯。

同事们呆呆地望着黄平原，这黄平原真是个大傻瓜，那有人把自己心里想的事全倒出来，看样子黄平原还真是个脑子有毛病的人，正常人哪会当面锣对面鼓地跟领导过不去，一门心思地巴结还来不及呢。

黄平原看着同事们，陡地全身轻松，他再也不会把杀余刚的事儿一直难受地憋在心里，它不再是一个藏在掖在心里的秘密，他不再是一个隐藏的杀人犯，他终于可以面对自己的良知。

同事们把黄平原送进医院，医生诊断黄平原患有间歇性精神幻想症，还处在初发阶段。同事们又把黄平原送回家，并给他带了余局长的话：让黄平原在家好好养病，不用上班，工资照发。

第二天黄平原照常去上班，大家远远地看一眼他，就都扭头走了。

常有几个人私下里逗他：平原，你杀了人?

嗯。我杀了人，我是个杀人犯。

平原，这辈子你都杀不了人，你是个胆小鬼，只有胆小鬼才在心里头杀人。

周围的人眼窝里溢着笑意。

我不是胆小鬼，我是个杀人犯。黄平原一字一句地说。

对，平原，你是个杀人犯，平原，你来杀我啊……有人冲他说。

黄平原惊恐地向后退让着。

瞧，连我都不敢杀，还做梦想杀余局。

哈哈，周围人一片哄笑。大家都变得很开心快活。

黄平原惊恐地低下了头。

谁也没想到，那天黄平原不再惊恐地往后退让着，而是迅捷地从身上抽出刀子，捅向取笑他的人。

周围的人呆呆地望着黄平原，张大嘴巴说不出话。

我早说了，我是个杀人犯。黄平原丢下血淋淋的刀子，一脸平静地望着远方说。

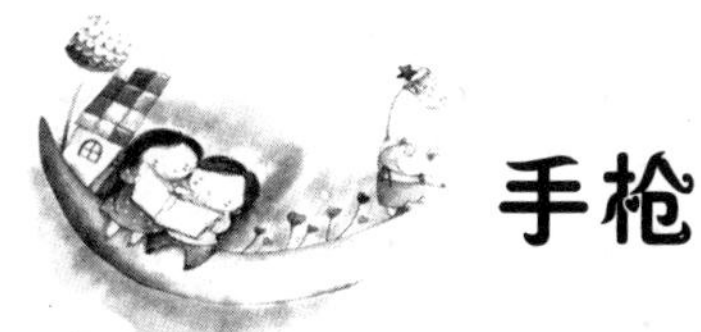

手枪

老万在十字路口一站就是好几个小时，一直巴巴地望着嵌在高楼顶部的自鸣钟，每隔一小时钟声便会敲响，从近到远，从远到近，将悄悄流逝的时光传播到城市的每一层时空里，钟声穿过老万的身体，有时甚至还拽着他不停往回走。流逝的时光一次次转身，一年前，十年前，二十年前，三十年前……将记忆的道路一直伸展到童年的深处。

老万站立的地方，几十年前是一片硬生生的荒野，荒野上长着杂草、孤树、灌木林……荒野上生命的色彩总是跟四季、天空自然而完美地结合在一起，像至纯至真的爱情，让人深入持久地感动回味于心。

小时候的老万将光阴都花在荒野上，像一季一季的树叶，在树上招摇着。老万现在在梦里时常回到童年，把童年经历过的事都过了一遍又一遍。他和小伙伴们在荒野上天天玩得疯，摘四季里各种各样的野果吃，红的黑的紫的，酸的甜的苦的，将时光染成各种颜色，浸泡出各种味道。荒野上蜻蜓、蝴蝶漫山遍野，在一朵朵野花或树梢上迎风落脚，鸟时飞时落，人们不知道它们将巢安在何处。

还没等到老万长大，那片荒野很快消失了。仿佛就在一眨眼间，荒野便换了天地变了色。草连根拔起，蜻蜓与蝴蝶少得可怜，鸟只好向更远的地方迁徙，成片的灌木林被砍得精光，藏在大地深处的根也被刨光了，哪怕一丁点根须也没给荒野留下来，就像一个人没了老家，他的心是漂泊动荡不安生的，飘到哪儿都再也找不到家的感觉。荒野也一样，它的心孤独地过着，再也找不到家了。

荒野上立起一座现代工厂，变成闹哄哄都市的一部分，从那些林立的烟囱和厂房再也觅不见一点过去的踪迹。老万招工进厂，成了一名穿

工作服的工人，在机器和机器之间穿行，短暂的兴奋之后，老万心底滋滋地生出疼痛感。那些轰鸣的机器切割着他的时光，把他的光阴截成一段又一段的，老万开始感到那些机器的可怕，他对疼痛的感觉就像对幸福和快乐的感觉一样，他的幸福快乐感在日复一日的机器轰鸣声中剩得很少很少了，但疼痛感却在一天天滋生，像细细的泉水慢慢地渗透到骨缝里。这时老万听到童年荒野上的声音，开始他以为是一种幻觉，但这声音越来越清晰，像从遥远的年代远远的地方透过来的，它们穿过机器的轰鸣和都市喧嚣声，一次次抵达老万的身心深处。

当老万感到这些年被那些机器耗尽心力时，工厂说破产就破产了。工厂倒闭后老万成了下岗工人，成了社会闲散人员。上了年纪的老万望着一天天生锈的机器发呆，闲久了的老万觉得自己身体的各个部位如同生锈的机器，再也转动不起来。工厂倒掉了，他人也废掉了，同那些过了维修大限的机器一样坏掉了。这时，老万又听到荒野上的声音，那种声音，穿过遥远的地层和时空，它亲切自然，完全不同于都市的任何一种声音，一下子唤醒老万心底深处沉睡的童年记忆。

林立的厂房被拆了个精光，那些消磨掉许多人大半生的机器拆散了，变成一堆堆废铁，老万盯着一堆废铁哭了，他感到自己的身体也被分解得七零八落，变成一大堆废铁，然后被低价地出售。在老万呜咽的哭声中，被一台台机器消耗掉的几十年的时光，它们仿佛在废铁中活了过来，他们找到自己共同的命运。老万从废铁中捡回一台定时器，改成一台小闹钟，老万将它擦得亮锃锃的，摆放在床头上，它成天闹个不停，把老万过去的时光和未来粿合在一块。

厂房被夷为平地后，变成了嘈杂的大工地，很快建起了一栋栋高楼，闲得荒掉的老万一天到晚盯着工地发呆，高楼长到不能再长的高度时，老万心头的恐慌也没能停止生长。这个都市装了太多的人，早已满当当的，它还嫌人不够挤，就像一列火车，每节车厢塞满了人，可还在拼命地往上挤，他们尖叫着，互相踩踏着，甚至谩骂着对方，却连一点歉意也没有。老万在心底一次次对他们道歉，说：对不起，实在对不起，这趟车人太多了。在拥挤的人堆中，老万感到身体被挤得扁扁的，老万希望有人向自己道歉，说声对不起。可没人对老万说抱歉，老万感到有无数双脚从自己的身心蛮横地踩过去。

十字路口立起一座商业大楼，高楼顶部嵌着巨大的自鸣钟，整个高楼显得流光溢彩，聚拢着来自四面八方的有价商品。老万站在商厦的对面，盯着商厦进进出出的人，每隔一小时，自鸣钟声从高楼顶端倾泻下来，一下下撞击着老万的身心。人和人之间没有一丝缝隙，人和商品之间也没留下一丝缝隙，人和商品都竭力想占据着这个世界的全部。人进一步，商品后退一步；人退一步，商品便向前进一步，人和商品展开了一场拉锯式的残忍厮杀和争斗，太多时候，面对琳琅满目的商品，往往还是人败下阵来，匆匆忙忙地逃离商厦。

怪老头老万的右手自然地弯成了手枪状，老万的“手”枪一直执拗地瞄准着这栋商厦，商厦里许多商品在日复一日年复一年的时光中都中过老万枪膛里射出的子弹。

十字路口人来人往，人们对老万见怪不怪了，直到有一天老万的身子晃了几晃，右手垂了下来，但右手做成的手枪还在射击着，还是那么有力……

金大地

二毛猛地直起身子，拧起三轮车的车把头，人和车头顿时在空中立得稳稳当当的。二毛一高兴，就爱耍这套把戏。路过金大地时，二毛忍不住大叫：这工地比俺村子大得多，比俺村子还让人心里热乎。二毛心中鼓荡起幸福感，认定金大地就是他日后的根据地。二毛刚落脚龙州不久，入这行太晚了，一直靠四处打游击，不像同行个个都有根据地。

金大地。二毛反复念着金大地售楼部刚弄好的几个金色大字，他得把金大地发展成自个的根据地，有了根据地在龙州就有落脚的地方。

金大地，让人幸福的金大地。路人向二毛张望时，二毛快活地吼了两声。

金大地还只是一个嘈杂的大工地，围墙里正起着许多的高楼，金大地售楼部刚起好，还没有对外卖房子。

金大地从一个大工地变成居民区，用了两年时间。

二毛耐性地守了金大地两年。

平日二毛蹬着破三轮敲着锣游街串巷到处打游击，一天下来，多的时候赚上百元，少的时候十几元，甚至有几次，二毛只收到几斤旧报纸，还不够一顿饭钱。谁叫二毛没根据地呢。二毛几次想转行，但二毛身体不太好，干不动太重的力气活。让二毛最终打消转行念头，是每天落在口袋里真金白银的现钱。每天二毛都要去金大地瞅一眼，有时哪怕绕个大弯，见到金大地二毛心就踏实了。二毛早已跟门口的保安混了个脸熟，身上揣着两包烟，一包十多元，另一包块把钱。见到保安，二毛涎着脸敬上一支好烟，自己抽块把钱的烟。接了烟的保安瞟一眼二毛手中的烟，让二毛点了火。

金大地开始卖房，金大地有业主装修，金大地有业主住了进来……隔两天二毛就会被保安放进去，载着满当当的一车纸箱离开。

金大地终于被二毛发展成根据地。有了根据地，再干上两年，二毛盘算着把女人和儿子接进城里，一家人住在一块。让女人跟城里女人一样穿得漂漂亮亮，让儿子跟城里孩子一样上学读书。有了金大地，全家就有了幸福的未来。

然而，金大地一夜间变成了同乡田大嘴的根据地。二毛眼巴巴地瞅着大嘴在金大地进出，大嘴蹬着满当当的三轮车吹着口哨从身边晃过，二毛觉得田大嘴就是一强盗。

一个好心肠的胖保安悄声告诉二毛，田大嘴跟物业公司罗经理搭上关系，罗经理把进出金大地收破烂的权力给了他，他们不好再放二毛进去。他们也瞧不惯田大嘴这小子的霸道。

二毛觉得田大嘴坏了行里的规矩，金大地是他发现的，他白白守了金大地两年多，刚尝到甜头，田大嘴就伸手抢了去。二毛实在咽不下这口气。

胖保安值日时，二毛悄悄尾随田大嘴多次。那个秃顶的罗经理二毛识得，长得跟毛猴子一般难看，和田大嘴的关系没那么简单。有一次，田大嘴进了物业公司，直接进了罗经理办公室。透过半掩的门，二毛看见田大嘴冲罗经理小心地伸出四根手指头，罗经理铁定竖起一只手晃了两晃，田大嘴的手指头就无力地垂下去。田大嘴摸出五张皱巴巴的百元大钞，搁在罗经理面前。罗经理挥了挥手，让田大嘴出去。二毛瞪大了眼，后悔咋早没想到这层，让田大嘴占了先，把金大地抢去了。

罗经理下班时，刚走到小车边，二毛就拦住他，结结巴巴地伸出六根手指头。罗经理瞟了二毛一眼，骂，你一个收破烂的怎么进来的？快点滚出去。

二毛瞪大眼，吃惊地看了对方一眼，慌不择路出了金大地。

金大地成了二毛心中的痛。二毛再也没去过金大地，田大嘴还真有本事，在龙州有好几处根据地，老家起了漂亮的小楼，在龙州买上大房子，听说田大嘴还包了挺不错的城里女人。

没有根据地，二毛只好四处打游击，二毛将业务发展到城乡结合部，二毛在那里发现了一个大工地——桃花源。二毛发誓要将桃花源变成自己根据地，不会再让它成为别人的金大地。

二毛是在一处不起眼的居民楼前看见罗经理，下车后罗经理搂着一个时尚的年轻女子上了楼。二毛心头一亮，悄悄地尾随上去，记下门牌号。

罗经理在外搞了女人。二毛突然出现在罗经理的家门前，罗经理开门时见是二毛吃了一惊，张了张嘴巴说，你咋寻到我家的？你想干啥？二毛推了罗经理一把，挤进门去。二毛四处张了一眼，说，罗经理，俺一个收破烂的，你说，能干啥?！俺在城里没人疼没人爱的，可不像罗经理，有两个家，有两个女人疼……

你一个收破烂的，还想讹诈我，没门。你给我快点滚出去，不然我立马报警。罗经理气歪了鼻子，手指着门让二毛出去。

二毛轻轻笑了，说，罗经理，你好记性，前脚刚出301的门，后脚就忘了人家。

罗经理张了张嘴巴，惊得说不出话。他盯着二毛看，突然就笑了，我晓得了，你一个收破烂的，想收金大地的破烂。从明天起，金大地的破烂就是你的。我说了算。

俺不会亏你，每月俺给你这个数。二毛竖起五根手指，晃了几晃，摔下话，摺门而出。

金大地成了二毛的第一个根据地。往返金大地的途中，二毛常撞见田大嘴，二毛猛地拧起三轮车的车把头，人和车头顿时立在空中。二毛吹着口哨耍这套把戏给田大嘴看。田大嘴像个灰鳖一样逃走。

二毛开心地笑了。在田大嘴眼里，他二毛也真有本事。

畅儿

畅儿喜欢羊，喜欢跟一只只羊长久相处的感觉。一回村子，畅儿就跑上山，去看羊，蹲在一只只羊的中间，听羊咩咩叫的声音脆生生地落在心底。畅儿忍不住咩咩咩地叫几声，羊欢快地回应着。畅儿心中充满了欢乐。

畅儿在一家桑拿城上班，给客人按摩洗脚啥的，正儿八经地给客人洗脚按摩。畅儿受过专门的培训后才上岗的，加上平日勤学苦练，畅儿一手推拿的功夫在客人中是有口皆碑的。

做活时，畅儿时常走神，眼前一次次闪过一只只羊，羊在畅儿的心上咩咩地叫着。这几年，畅儿外出打工，身子弱被病魔缠上的爸爸在家养起了羊。一大早，爸爸将几十只羊赶上山，那儿天大地大就是羊的世界大了。

客人压根不知道畅儿喜欢羊，客人们都觉得畅儿像一只羊，一只温顺的小羊。洗脚或者按摩时，不少男人老喜欢搞点小动作占些便宜，手和脚一点儿不老实，这时的畅儿就像一只受了惊吓惶恐的小羊。

有的客人哈哈大笑，就此罢手，也有的客人得寸进尺。这时的畅儿就成了一只可怜巴巴任人宰杀的小羊。有好心的姐妹暗中教畅儿一招：客人有非分之想时，对他下次狠手，下回他就变老实了。

这样的事畅儿总做不来，受了屈辱后，畅儿眼里总是噙着泪水，像只委曲求全的小羊。

畅儿，你不该来这种地方上班的。姐妹们见了忍不住叹息说。

畅儿心里很迷惘，自己书读得少，能在城里打一份工已委实不易，畅儿打算再干上两三年，等家中养的羊上了规模就回家放羊。

有一位客人例外，同畅儿一样喜欢羊。他说小时候放过羊，对羊特别有感情，羊是善良的，通人性的。最令他难过的是同一只只羊永久离别，那种痛抵达了人灵魂深处。

畅儿开始对他另眼相看。很多男人忌讳自己的出身，恨不得割断过去。这个客人喜欢和畅儿讲小时候放羊的经历，说有一次在山上遇见狼，羊群就把他围在中间，与狼对峙着。

后来呢？畅儿忍不住紧张地问。狼吃羊没有？

狼没有吃羊，也没吃放羊的。狼逃走了。这时山上另一个放羊的赶了过来。这个客人说着哈哈大笑。

畅儿闹了个红脸，感到这个男人很亲切。他常来洗脚按摩，就算是等也要等到畅儿上钟。有次畅儿实在憋不住问他尊姓大名，他让畅儿叫他放羊的。

放羊的。畅儿在心底脆生生叫了声。

畅儿和放羊的距离在一天天拉近。

这个三十出头的男人是放羊的，那自己就是一只咩咩叫的小羊！和他在一起，畅儿内心时时滋生着这种奇怪的感觉。

两人很谈得拢，在一起时畅儿的话就多起来。放羊的对羊特有感情，让畅儿觉得他一点没忘根本。

有次，放羊的无意中问畅儿对将来有什么打算。

畅儿愣了一下，说等弟弟大学毕业，就回家去养羊。

你就不想在城里有个归宿?！放羊的漫不经心地问。

畅儿心里一动，她一直认为一个乡下来的打工妹，在纸醉金迷的都市是找不到爱情与幸福的。城里的男人像一只只狼。畅儿口中溜出这句话。

畅儿，我可是放羊的，我不会让羊入狼口。

我可不想当你放的羊。畅儿嘴上这么说，心里却满是感动。

放羊的走进畅儿的生活，也渐渐深入畅儿的内心。畅儿只有和放羊的在一起，内心才充满了安宁。

有一天，在小小的蜗居里，畅儿终于把自己交给放羊的摆弄。望着床单上一抹嫣红时，放羊的惊诧地问：畅儿，你咋还是处女？

畅儿忍着身体的疼痛，有些陌生地望着他。那一刻，畅儿内心缠着丝丝失落与忧伤。

姐妹们都说畅儿太傻了，对那个男人一无所知，就这么把自己平白交出去，真是羊入狼口。

畅儿沉浸在对生活的憧憬与向往中，她在心里认定放羊的是个有责任心的男人，不会欺骗她的感情，值得她托付一生。

放羊的有一天突然从畅儿的生活中销声匿迹。

畅儿不愿相信这是一场骗局，在默默地等待着。

姐妹们早料到这种结局，都在心疼畅儿，恨这个男人为啥欺骗善良的畅儿。看着畅儿一天天消瘦下去，那些天，姐妹们心里很难受，都抽空轮流陪畅儿……

一年多过去了，那个放羊的一直未露面。姐妹们在暗中帮着打探那个放羊的下落，那个男人却像从人间蒸发了，没有留下一丝痕迹。

畅儿病了，大病一场。

病愈后，畅儿拖着虚弱的身子回了趟家。

爸爸养的羊已有一百多只。畅儿好不容易上到山上，看着青青的山白白的羊，畅儿感到心在一点点复活。

一只小羊远离了羊群，迷路了，正伤心地咩咩叫着。

畅儿费力地走到小羊身边，见到畅儿，小羊很高兴，咩咩地叫起来。

小羊快乐的叫声如圣水般漫过畅儿受伤的身心，畅儿忽然泪流满面，也咩咩地叫了起来。

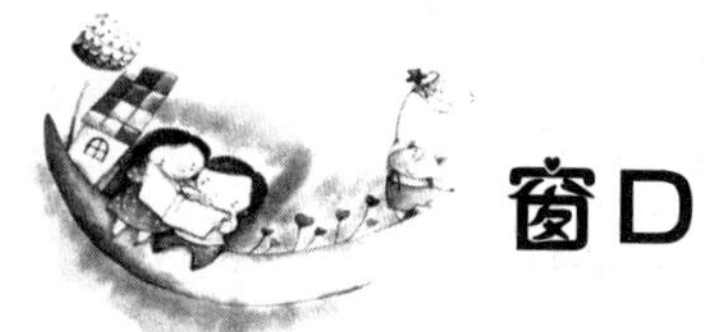

窗口

故里先看见离乡的。

离乡，一个长发飘飞的女孩，正倚在一扇窗口边，黄昏的夕阳从离乡那边漫过来，飘到了故里身边。

离乡，一个洒满阳光的女孩。

故里，坐在公交车的一扇窗口边，离乡，在另一辆公交车的一扇窗口边。

公交车陷在大桥上不见首尾的车流里，老半天挪不动步子。又堵车了，故里心上像横了垛墙，这阵子事多得像赶趟似的，跟人拧上了劲。

这车不知要堵到啥时，车上许多人嘀咕着、张望着。

故里一抬头发现了对面车上的离乡。这是一个安静而恬淡的女孩。在瞥见离乡的那一刹那，故里心里突然安静了下来，紧接着心就怦怦地跃动。面对一个女孩，故里第一次心动。故里心里竟生出了丝丝羞涩，面对另一辆车上的离乡，故里不敢看过去又忍不住一眼眼望过去。

离乡也看见了故里，在故里炙热的目光里，离乡的脸腾地红了，离乡不敢直视故里，又忍不住瞄一眼过来。

故里在这趟公交车上，离乡在另外一辆公交车上，两辆车并肩而行却不是同一个终点站。有那么一刹那，故里仿佛觉得眼前升起一片浓雾，离乡从眼前消失了。

故里的心一痛。

车流在大桥上缓慢地移动着，有时是载着离乡的那辆公交车驶到了前面，有时是故里的这辆车走到了前面，两车交错的一瞬间，两人的目光也不时地碰在一起。

公交车过了大桥，道路突然变得畅通了。公交车载着离乡猛地拐了个弯，向右边的路边驶了过去，而载着故里的公交车也拐了个弯，向左边的道路驶过来。两辆车背道而驰。故里没有一点准备，他豁地立起身，目睹着载着故里的车子悄然远去，故里一下子心碎了，他冲着女司机喊，请你停下车，我有急事，我要在这里下车。

女司机惊诧地望了故里一眼，不紧不慢地说，到站才能下车。故里的泪下来了，当着一车人的面，他哭了，他感到有许多东西正哗啦啦地远离自己的身体，把他的身子一下子掏空了。故里绝望了，也许这辈子再也遇不见离乡了。

对某些人来说，世界真的很小很小，而对某些人，世界又真的很大很大。他和离乡的世界会不会也很大很大，不然他和这个一见钟情的女孩竟会在两扇窗口中互相擦肩而去。

故里有些后悔自己没有足够的勇气向离乡要联系电话，故里却清楚地记住了载着离乡的公交车是29路车。故里在心里无数遍念叨着这个数字，他也一次次踏上了29路车，他期望能在这路车上再次遇见离乡，这一次，他再也不会让她从眼前消逝，他要牵着她的手，告诉她什么是爱。故里再也没遇见离乡。在29路车上，冬去了春又来了，春去了冬又来了。

一个黄叶飘飞的季节，故里最后一个走下了29路车，踩着满大街的落叶，故里心上也飘落满瑟瑟的黄叶。

这一年，故里莫名其妙地突然有了女朋友。

这年元旦前夕，故里的一位好朋友结婚，在婚礼上，故里的目光突然拉直了，他发现伴娘竟是离乡，真是曾经苦苦寻觅多年的离乡。多年前丢失的东西仿佛一刹那间又回到了他身上，他感到自己重新复活过来，他突然明白这辈子除了眼前这个女孩，他不可能再爱上别人，包括现在的女友。

要不是怕破坏了婚礼的气氛，故里差点疯狂地冲上去同伴娘相认。他找了离乡四年了，人生实在没有多少个四年，他不能再和离乡擦肩而过，失之交臂。

世界很大很大，又很小很小。

本地有个风俗，一般伴娘不会是结过婚的女人，顶多是未婚女子，有不少讲究的人家一定要请个还是处女之身的伴娘。故里一直目不转睛地盯着伴娘，心中一阵狂喜，离乡当伴娘至少证明她还是未婚女子。

婚礼一结束，故里急切地冲上去。离乡一见故里，眼里忽闪了一下，有泪水流了下来。故里在离乡的双眼里看见了自己。

这天夜里，故里与离乡手牵手走在龙州的大街上，离乡提议俩人再去坐一趟公交车，不过这回俩人是同乘一趟公交车，先坐 47 路，再坐 29 路。

离乡与故里从 47 路公交车下来，转乘 29 路，穿过斑马线时，两人被一辆飞驰而来的小车撞翻了。

司机喝醉了酒肇事的。

在这次车祸中，故里失去了一条腿，而离乡却永远地离开了尘世。

此后，在 29 路公交车上，人们常见一个拄着拐杖的男人上车下车，每次坐在一扇固定的窗口边，眺望着无数个黄昏。

方向盘

梅次喜欢把家里弄得到处都是泥土，泥土像花啊草的养在一只只花盆是。家里全是泥土的气息，当然还有花草。但是梅次男人西来不喜欢泥土的气息。梅次是从乡下来的，小时玩泥巴长大的。西来也是乡下的，和梅次一个村子。算命先生说梅次五行缺土，大人常放任梅次在泥地里打滚。高中时梅次跟西来悄悄好上的，两人考进同一所大学，毕业后又一起留在城里。从恋爱到结婚，从结婚到生子，一切都是那么水到渠成，自然而朴实，就像一个瓜熟蒂落的过程。

西来经历一季又一季的阳光雨水，融进都市的风情里，成熟、细腻、优雅。不怎么改变的是梅次，梅次心中仍贮满乡村的风情，住在钢筋混凝土的高楼里却一天天同都市生分着。像隔着一垛墙，无形的，有形的，厚的，薄的，在梅次心中时时撞击着，令人不安、惶恐，我咋找不到一点对都市的感觉，就像时时面对一个个生人。而乡村呢，它虽然遥远，却让人感到亲切；它虽然朦胧，却让人揪心。

有次，西来说，你咋把家里弄得到处都是泥土。梅次愣了，看了西来老大一阵才说，住在钢筋混凝土的高楼里，看不见一星点泥巴，心里老发慌。西来躲闪着梅次的目光，我忘了你五行缺土。以前，西来老拿这话来笑话她，现在梅次听了心里却不是滋味。

梅次还有一句埋在心底的话：我们的爱情需要泥土。爱情犹如花朵，离不开泥土的滋养。梅次看着那些栽种在钢筋混凝土高楼里的爱情，犹如过季的花朵干枯了。一桩桩破碎的婚姻让梅次一次次有了心疼的感觉。梅次侍候泥土就是培育她和西来的爱情。

梅次和西来的美满婚姻成为大家心中的榜样，这么多年了，梅次的爱情就是棵常青树。

西来却出事了。西来驾着车刚拐上三岔路口，没想对面一辆车迎面撞上来，他下意识地打着方向盘，可就在两车快要相撞的一刹那，西来又将方向盘猛打了回去。谁也不懂在最后一瞬间西来是怎么想的，他选择了死，把生的希望留给坐在副驾驶位置的人。西来死得很惨烈，身体被挤压得完全走了形，只剩下一团模糊的血肉。

梅次不愿接受这个残酷的事实。她不愿相信西来就这么不明不白地离开人世。

坐在副驾驶室位置的是个叫琼的年轻美貌的女子，本来死的是她，但西来在最后一刹那用自己的性命替换下她。琼受了些伤，不过无大碍，在医院住了十几天后就仓促出院了，然后就不知去向。

梅次不止一次去医院看望过琼，无论梅次问什么，琼都默不作声，静静地躺着。像一幅宁静的画儿，只不过画里夹着凄凉怆然，梅次没有心情去体会这份感伤，我是一个受害者，为什么要顾及一个入侵者的感受。最后那次走出琼的病房时，梅次突然回转身，两行清泪正顺着琼的脸颊淌了下来。梅次的心竟有了一种被刺疼的感觉，我为什么要回头？难道还嫌受伤害不够？

梅次认定男人和琼之间有着非同寻常的不正当关系。

直到琼消失好长一段时间，梅次的心中还在翻腾着巨浪，西来一直在欺骗她，她竟无知无觉，要不是出了场车祸，她就会被西来欺骗一辈子。

这场要命的车祸。在梅次的心中一直纠结着，地感到一次次揪心的疼痛。

如果我当时坐在副驾驶的位置上，西来会怎么样？梅次常纠结地想。

这是谁也无法回答的。西来人已走了，把答案带走了，或许即使西来活着也给不出答案。

那个方向盘会打向哪边，左边还是右边？

右边。

不对，是左边。

肯定是左边。我要是西来，会将方向盘打向左边，梅次死了才是我

想要的结果。

后来梅次见人就呵呵笑着说，我已是死过一次的人了。

再后来，有人在梅次的家中看见一个方向盘，据说梅次找人从西来出车祸的车上卸下那个方向盘，照着模子用泥巴塑的，那个放进砖窑煅烧过的方向盘就醒目地嵌在粉红的墙上。

香包

和村里人之间，叶子总觉得隔着山隔着水罩着云雾。叶子是从山那边嫁过来的，叶子的脚一落大河的地儿就感到水土不服。大河人的年还未过完，村里的男女就疯涌着出门。叶子的男人大立新婚不久也踩着别人的脚印出远门闯世界去了。村里留守下来的男人女人就把日子砌进四方城里。

叶子在村里成了一座孤岛。叶子很少跟村里的男女来往，也从不跟人砌四方城。叶子把日子缝进香包里。

干活时，叶子居然连个搭把手的人也找不到，村里别人家的田地都是成双结队的。叶子一下子落单了。

村里的留守男人同顺悄悄地走近叶子。叶子在田里干活，正要有人搭把手，同顺在田边晃了几晃，跳下田帮了叶子一把。一次两次，叫同顺遇上了，可几次后，叶子就明白同顺在有意帮衬自己。

同顺人长得斯斯文文的，做过村小的代课老师，是大河人公认的秀才，写得一手好字，大河的喜事丧事都会请他去写个字啥的。

有了同顺帮衬，叶子再也不愁地里的活缺男人。叶子就和同顺结成对子。叶子感到自己不再是孤岛了，村里的女人跟叶子走得近了，看她的目光和从前大不一样，叶子知道这是因为同顺的缘故。村里女人拿她和同顺说的一些玩笑话常臊得叶子满脸通红。

同顺望着村里那些女人的背影说，叶子，我知道你面浅，这些婆娘的浑话可别往心上去。叶子，我不是这意思，我是说犯不上同这些婆娘计较。

望着同顺慌乱的样子，叶子抿着嘴浅浅地笑了。

叶子，你一枝独秀，和大河的这些婆娘真的不大一样。同顺呆望着叶子，喃喃地说。

我咋不一样了？叶子的心里好像探出嫩芽儿，抿着嘴问。

同顺盯着远处的草垛一字一句地说，叶子，你摆个手，走个步子，笑一笑，都在人的心上开了一朵朵野花，自然朴实上心，看着大河的婆娘做这些就让人堵心得很。

我真的有这么好？叶子抿着嘴浅浅地笑了。

真的！叶子，你就是路边一朵让人忘不了的野花。同顺突然盯着叶子说。

叶子忽然想起那首歌《路边的野花不要采》，腾地闹了个红脸。

同顺的女人美芬也出远门了，丢下同顺和儿子。叶子好像听人说过，美芬在上海给人当保姆，一个月有三千多，美芬三四年才回来一趟，钱却月月不断寄回。

美芬嫂那么漂亮，美芬嫂才是你心中的一朵花。叶子咬着嘴唇，浅浅地笑着说。

同顺脸霎时暗下来，笑容像猛地拽断了线的风筝。

断线的风筝一头扎在叶子的心上，叶子心上蒙了一种说不清道不明的东西。

叶子再也没提起过美芬。

叶子渐渐跟村里的女人走得近了，叶子知晓了许多秘密。留守在大河的男人女人大多耐不住寂寞，也为了干活时互相搭把手，结成一对对，另一半回来后，日子又照原样过。

叶子这才知道，她和同顺成了大河人眼中的一对临时夫妻。

叶子有些后怕，再和同顺相处时感到两人中间突然生了隔阂。叶子在心上不时地生同顺的气。

大河的婆娘常拿她和同顺说事儿，叶子很生气，一生气小脸就红扑扑的。叶子一红脸，大河的婆娘就更喜欢拿她和同顺说事儿。

叶子只好成天在心里想着大立，想着两人短暂而又恩爱的日子，她在心里头盼着大立早点回来。可大立说他在城里刚和人开了家装修公司，正在创业阶段，要等年底才能脱开身。

大河婆娘的嘴巴特犯贱，叶子，你不理这茬就是了。同顺望着叶子说。

叶子咬着嘴唇点了点头。

大河的婆娘再拿她和同顺说事儿，叶子紧紧抿着嘴。

风平了，浪也静了。叶子的心里却刮着风生着浪。

再和同顺一起干活时，叶子变得格外小心，叶子感到十分别扭。

同顺好像不理解叶子的这种变化，时不时地盯叶子一眼。

叶子把一门心思都放在绣香包上，那些香包在叶子手里活了。有一次，同顺闯进叶子的家，看到叶子手里活生生的香包，双眼亮闪了一下，瞬间又暗了下去。叶子，这些香包是为大立做的……

哎。叶子轻轻点点头，抿着嘴幸福地笑了。

同顺失落地转过身。

叶子在心底叹息，同顺是个好人，可她的心扉这辈子只为大立打开。叶子心里头一心盼着大立早点回来，好结束这种尴尬的日子。

大立风尘仆仆地赶了回来，要带叶子离开大河。大立的装修公司上路了，生意越来越忙，大立要叶子过去做个帮手。

夜里，叶子发现大立胸前挂的香包不见了，亮闪着一个玉坠。香包哪去了？叶子心一沉，问道。

丢了。大立轻描淡写地说，我好像见同顺的脖子上也挂了香包。

叶子的心猛然一跳，一串泪水在脸颊蠕动着。

谁的田

这田咋跟狗娘养的一个屌样，才沾上一点官家的气味，咋就自抬身价，不那么好侍候。程久耕在心头一次次地骂娘。

这田到底咋啦？行家里手的田把式再也摸不准它的脾性，程久耕种田的自信一下子跑光了。

市委书记曹不纯在这块田闹过春耕，程久耕就感到它早不是原先的田，更不是程久耕的田。

它成了谁的田？是曹书记的田。县长来时县长这么说；乡长来时乡长也这么说；就连村长也这么说。

对，是曹书记的田。程久耕也一次次地这么想，这可是曹书记的田，早就不是程久耕的田，它是曹书记的田，就该有个曹书记的样子。

大前年，春耕时，久耕的田一下子给他家带来前所未有的荣耀。市委曹书记要和他一起插秧耕田，久耕听乡长传达上面的指示，顿时慌了手脚，嗫嚅着：乡长，市里的领导来，我还能让他下田插秧？打死我也不敢让首长下田啊！乡长，这事不成！你还是让首长上别家的田插秧吧！我还是头一回见这么大的领导，这腿肚子还不抽筋，说不出话来。乡长，不成，这事搁谁头上都行，就不能搁久耕头上。

久耕，你咋就这么点出息，曹书记也是人，龙江县是他的扶贫点，他就是专门下乡来插秧耕田的，不是要你去拦着曹书记耕田插秧，是要你侍候好曹书记耕田插秧，让曹书记高兴来，满意归，懂吗?！程久耕，我可跟你说好啦，这可是天大的事，这可是重大的政治任务，你是老党员，是村民组长，还是种田的好手，这方圆百里没人比得上，要是曹书记在你这有一丁点不乐意，你给我听好，我能饶你，可县长饶不了你。

程久耕不敢再说什么了，乡长说是这么重大的政治任务，还真不是谁想就能搁谁头上的。程久耕万般无奈而又自豪地接受了这项重大的政治任务。

乡长陪同县长来了，县长说了一番和乡长一样的话，还笑容可掬地问程久耕有没有困难，有困难就跟乡长提，乡长会想一切办法解决的。最后还语重心长地说，你可是老党员，这是一项光荣的政治任务，一定要让曹书记在这里高兴地当回农民。要让曹书记高兴来，满意归，曹书记高兴了，我们心里那才叫高兴。

程久耕在心里，一一记下乡长、县长的话，这官一个比一个大，道理一个比一个讲到人心里。乡长、县长说得对，曹书记也是人，他来当农民，咱就让他高高兴兴地在这里乐呵一回。

曹书记果真来久耕田里当了回“农民”，曹书记很高兴，程久耕表现相当出色，曹书记爽朗的笑声在田野上空响了好多次。曹书记高兴而来，依依不舍地满载而归。临走时，曹书记还紧紧握着程久耕的手说，春华秋实，等秋收时我还要回来，和你一起收获这些劳动的果实。

曹书记满意地走了，曹书记满意了，县长、乡长也一个个满意地走了。

曹书记一行走后，程久耕心一直很疼，那些脚把田糟蹋得不成样子，留下一田的脚窟窿，一个个胖脚丫简直像是踩在久耕心上。程久耕只好把田重新耕过，又重新插了一遍秧。

曹书记走后，乡长来了，乡长表扬程久耕，说程久耕当了回出色的演员，曹书记这回当农民特别开心。乡长一再叮嘱程久耕今后啥活也不用干，专门照管好这块田里的稻子，工资由乡里发，一定要让它硕果累累，一定要它丰收在望，没准曹书记秋天还真来收割庄稼，再当一回农民。乡长还说，这可是一项长期的重大政治任务，你一定要保证圆满完成任务。

不久，乡长又陪同县长来了，县长专门来看望曹书记的庄稼。县长又做了和乡长一样的指示。县长说前不久向曹书记汇报工作，曹书记还高兴地提到在乡下插秧的事。县长询问程久耕有没有困难，一定要用心把田里的庄稼种好，这是曹书记种过的田，庄稼自然要长得比别家的好，秋收时曹书记来会分外高兴的。

程久耕用心地侍候那块田，田里的庄稼没辜负曹书记的期望，长得好。期间，乡长来过，县长来过，嘱咐程久耕要种好这块田。程久耕心里十分窝火，这块田仿佛不是他的田，成了乡长的田、县长的田，它还成了曹书记的田。

程久耕种了一辈子的田，对土地知根知性，如今面对这块田，他突然觉得自己咋变成了一个新手。

秋收时，田里的庄稼熟了，曹书记没来，县长没来。程久耕去请示乡长，庄稼咋办？总不能烂在田里。乡长挠了挠头，说先养在田里，等他请示县长再说，乡长请示县长，县长指示：曹书记日理万机，曹书记没来并不等于忘了要再做回“农民”，曹书记不来，田里的庄稼就好好养着，等曹书记来。

程久耕望着乡长心疼地说，田里的庄稼可不等人，几场霜下来，庄稼全趴在田里，想收都收不成。

乡长摆了摆手说，照县长的话去做，你的损失乡里认，乡里全都补偿。久耕，你是老党员，这可是一项长期重大的政治任务。

庄稼烂在田里，程久耕看着自己的血汗泡汤了，站在田头想哭又哭不出来，他这么用心地侍候这块田，吃不香睡不宁，担心庄稼的长势，忧心收成。他都不知道怎样伺候它才能有好收成。

第二年春耕，乡长、县长又来了，让程久耕做好曹书记来当农民的准备，可曹书记一直没来。

秋收时，乡长、县长又来了，让程久耕做好准备。曹书记还是没来。

第三年春耕时，县长没来，连乡长也没来，程久耕突然有点失望，去问乡长，曹书记的田咋办？

乡长挠了挠头，说，这田该咋种就咋种了。

程久耕以为听错了，问，乡长，曹书记的田咋办？曹书记还会再来当回农民？

乡长哈哈一笑说，前几天曹书记调走了，调到别的市当书记，如今市里新来的书记姓郭，叫郭书记。郭书记不会接手曹书记的扶贫点的。久耕，那块田你以后该咋种就咋种。

程久耕呆了一下，突然感觉一身轻松，有些口吃地说，乡长，这田再也不是曹书记的田?

乡长哈哈一笑，说，久耕，这田再也不是曹书记的田，是久耕的田。

乡长，那它今后就是程久耕的田了。程久耕眼里的泪水猛地涌出来，他大声地喊:

我的田再也不是曹书记的，它是久耕的田了。

春耕盛宴

九子岭村的榆木疙瘩，老好人一个，可这个木讷人王忠贵，却不想天上掉馅儿饼，直砸在他头顶上。

大运咋就叫这种木头糊里糊涂撞上了，这老天咋长眼的，没挑对人。九子岭的人朝老天直跺脚。

那可是天大的荣光，他王忠贵怕是十几辈人也只能撞上这一回。

谷雨刚过，龙州市白市长一行人，大大小小的官跑到王忠贵的田里狠狠闹了回春耕。白市长他们这一闹就是小半天，闹得九子岭的天红了大半边，闹得九子岭人的心气都涨得老高。

市长一行人走了，但市长栽过的秧苗还长在王忠贵的田里，市长握过的手还在王忠贵身上，市长爽朗的笑声还响在稻田上空……

九子岭人一拨一拨地往王忠贵的田边跑，围绕在王忠贵身边。

面对九子岭人，王忠贵一个木讷人，一个老实人，顷刻间像变了个人，说话一点儿不结巴了，他瞥了一眼面前的人，头一句就说，市长也是种过田当过农民的，市长那么大的官，俺实在没想到他种过田当过农民，俺刚见到市长和那么多的官儿，心里嘎巴嘎巴地响，眼里全是晃动的人影，俺差一点就犯傻了，一犯傻就拿手抹了一脸的泥巴，俺更看不清面前的人了。市长就说了，老乡，别紧张，我也是种过田当过农民的。

王忠贵瞅了九子岭人一眼，话也顺畅多了。这事有多怪呀，市长这么一说，俺心里就落了底，一点不嘎嘣了，俺又用袖子抹了把脸，怪了，这回眼里全是一张张官样的脸。俺蹭上田梗，边上的人都朝两边分开，把俺让给市长。市长笑着朝俺伸过手，市长的笑容真好，俺一下子像醉了酒，市长的手快碰到俺手时，俺心中又嘎嘣一响，忙把手抽了回来。

俺差点犯了天大的错，俺的手脏兮兮的，俺使劲用力在衣服上蹭着，想把手蹭干净点再递给市长。市长见了，把俺的手一把抢过去，用力握着。

现场早已静下来，九子岭人的手也都悄然在衣服上来回使劲蹭着，大家眼巴巴地望着王忠贵，盼着下文。

俺的手就是这么被市长握着，市长握得可真紧，俺心里那可叫亲啊，市长就是叫俺王忠贵亲的，叫俺老百姓亲的呀。王忠贵扫了九子岭人一眼，蓦地举起右手，朝乡亲们来回晃动着。就是这只手，上面全是市长的好市长的恩德，市长的恩德俺几辈子都忘不了，套用一句城里人的话说，有了这只市长握过的手，俺九子岭人可要幸福几代人。

九子岭人直勾勾地望着王忠贵的手，一下子立直了腰杆，有人按捺不住急切的心情，走上前去要同王忠贵握手。

王忠贵这个木讷人，这个老实人，平日连走路都担心被树叶砸坏脑袋的王忠贵，此刻格外神气，脸上现出缤纷的颜色，他慢腾腾地放下右手，小心谨慎地同面前的九子岭人握着。王忠贵像护着自已个的心肝，护着自个的命，同前面的人握过后，王忠贵就心疼起这只手，要歇上几分钟，再同下一个人握手。

九子岭人十分体谅王忠贵，都觉得王忠贵想得真周到，王忠贵就该十二分小心地护着这只手。这只手不仅是王忠贵的手，也是九子岭人的手，这只手是九子岭人的面子和光彩。

王忠贵扫了一眼九子岭人，脸上幻化出一种万千气象。

现场一片静穆。

市长紧握着俺的手，说，老乡，别介意，我也是种过田当过农民的。瞧，市长多会体贴人，市长懂得俺王忠贵的心，知晓俺王忠贵心里有块大疙瘩化不开，市长的话钻进俺王忠贵心里，让俺的心结俺的疙瘩解开化开了。

忠贵叔，市长那么大的官儿，市长那么大的贵人，哪会是种过田当过农民的。忠贵叔，你是不是弄错了？人群中一个毛头小子突然扬起声音问。

王忠贵这个木讷人，这个老实人，脸上的神采一下子高高地飞扬起来，他瞥了一眼那个毛头小子，大声地说，市长那么大的贵人，哪会是

种过田当过农民的。市长说这话是体贴俺王忠贵的，市长说这话是愿和俺王忠贵做朋友。握过市长的手，俺就知晓市长的手天生就是贵人的手，跟黄天厚土一样，市长的手是俺的天，也是俺的地，更是俺的娘亲。

王忠贵这个木讷人，他仰起苍老的头，他仰起混浊的老眼，眼巴巴地望着苍天，大声地喊，市长就是俺九子岭人的天。市长就是俺九子岭人的娘亲。

九子岭人一个个仰起头，仰起混浊的泪眼，巴巴地望着苍天，跟着王忠贵一起大声地喊，市长就是俺九子岭人的天。市长就是俺九子岭人的娘亲。

王忠贵久久仰望着苍天，他像一个说书人，他觉得自个一下子高大起来，像个巨人立在天地之间，行走在历史的烟云与苍茫之中。

九子岭人一个个倔强地昂着头，仰望着苍天大地，在他们眼里，天地间处处流传着市长浩浩荡荡的恩德。

贼心

馨湖小区毗邻城乡结合部，这一带人多地杂，治安形势严峻，经常挨盗贼惦记。那些盗贼乘夜深人静之际翻墙而进，入室盗窃，防不胜防。几乎每家都有挨小偷光顾的历史，有的还不止一次。尽管家家有防盗网严严实实地罩着，但防盗网对这些盗贼就像是无用的摆设，他们简直如入无人之境。

生活在馨湖小区的居民提心吊胆地过着日子，但日积月累，大家见怪不怪，一时都攒下了不少防贼防盗的经验。有时还见小区的居民三三两两在一起相互取经，嘻嘻哈哈地交流防贼防盗的经验。

这天深夜，盗贼又光顾了馨湖小区，入室盗窃了十来家。一大清早，被盗的人家在一起互相诉说着各自的损失。

老钱正掏钥匙开门进屋时，对门的老赵正开门出来。

老赵……老钱看着老赵，欲言又止。

老钱……老赵看了看老钱，仿佛也有话要说。

老赵，想跟你商量个事？老钱盯着老赵说。

老钱，咱都做了这么多年邻居，俗话说这远亲不如近邻，有什么事就尽管开口……老赵真诚地说。

是啊，这远亲不如近邻，我寻思着，今后要是再来盗贼的话，咱两家一起防贼防盗，这盗贼要是进了我家，我就呐喊一声，你听见了就过来，两家一起对付盗贼。只要大家一心一意，我就不信治不了这盗贼。

老赵的眼睛一亮，兴奋地说，这话在我心里也憋了很久，没想到让你先说出来了，那就这样说定了：咱两家共同防贼防盗，我也不信治不了这盗贼。

老钱和老赵的手第一次握在了一起。

日子一天天过去了。

这天深夜，一觉醒来，老钱忽然听见客厅里有异常的声响，老钱一惊，猛地意识到家中进贼了。老钱冷不丁从床上坐起来，正想大声喊叫，忽然嘴巴被人紧紧捂住了。老婆的嘴巴紧贴在他耳边悄声耳语：老赵家就挨着围墙，没准他家先进贼了，老赵都不喊，你乱嚷什么！再说咱家又没什么值钱的东西，盗贼不会折腾太久。你要是这么一喊，惊了人，坏了盗贼的好事，没准他们拿刀子砍了你，再说要是真让盗贼记恨上你，咱今后还会有平安日子?！听我的话没错，咱不吃这眼前亏。咱索性装睡，就当什么事也没发生。

老钱想想老婆的话也不无道理，佯装酣然入睡。不到片刻，盗贼小有收获后就撤走了。

屋子里复归平静后，老钱如释重负，顿时松了口气。

第二天一早，小区的居民又凑在一起议论昨晚的盗窃案。小区共有二十多家被盗。老钱和老赵家都在被盗之列。

这天，老钱和老赵在楼梯口相遇了，两人相互看了一眼，尴尬地打了声招呼。

一段时间又眨眼过去了。

这天深夜，盗贼又进了老钱家，老钱和老婆故技重演，直到这伙盗贼离开了。

片刻后，老钱忽然听见叫喊声，还夹杂着哭声和救命声。老钱侧耳聆听，好像是对门老赵家传出的。这回老钱不顾老婆的阻拦，忙披衣起床，一面让老婆打电话报警，一面冲到楼下大喊，老赵家出事啦，大家快来抓贼啊！……

一伙盗贼手持凶器从老赵家镩了出来，飞快地翻过墙头，逃进了黑夜深处。

整个小区一下子沸腾了。

老钱第一个冲进老赵家，见老赵和女人倒在血泊中，老赵女儿衣衫不整地伏在老赵身边，不知所措地哭着。

老钱和大家七手八脚地把老赵和他老婆送进了医院。好在老赵和老婆没有伤到要害部位，已是不幸中的万幸。

大家从老赵女儿口中了解到，这伙盗贼进了老赵的家，看见熟睡的老赵的闺女，突然起了歹心，欲行不轨，老赵的闺女惊醒过来，拼命反抗，老赵和老婆闻声冲过来救女儿，和歹徒打斗起来，歹徒拿刀子扎了老赵和老婆……

翌日一早，老钱提着果篮去看老赵，惭愧地说，老赵，实在对不起，都是我贼心太重，这盗贼先进了我家，我没敢吱声，才让你们遭了大难……老赵摆了摆手，叹口气打断老钱的话，说老钱，该说对不起的是我，我的贼心也重，上次盗贼进了我家，我也没敢吱声，要是那时喊一声，也许就能躲过今天这场劫难。老钱，谢谢你的救命之恩……

老钱说，老赵，不说了，今后咱这两家互相照应，一起防盗防贼。

这回，老钱和老赵的手紧紧握在了一起。

打破天

王葫芦打破天也不敢相信，柚子会撇下一家老小，照着汇款单的地址追到龙州。天刚麻麻亮，院子外有人突地扯起嗓子喊，ku（葫）lu（芦），俺看你来啦。王葫芦正睡在碧云的床上，惊得跳起来，双脚蹦到地上，去套鞋子。

碧云惊醒了，问，葫芦，咋啦？俺媳妇来啦。王葫芦套了半天一只脚也没套进鞋子。葫芦，你还以为你回到自家的土炕上了。碧云给逗笑了。俺媳妇真的来啦，就在院子外叫俺。王葫芦的声音走了腔。柚子说的是老家的土话。见葫芦乱了方寸，碧云定下来，说，葫芦，媳妇来就来了，有啥慌的。葫芦，别开灯，先摸黑回你屋子，再应声……

这娘儿们。王葫芦在心底叹一声。

和柚子见面王葫芦第一句就说，柚子，你咋来啦？

俺咋不能来，俺来瞅自个男人。柚子顶了一句。

这娘儿们。王葫芦瞅了柚子一眼，咋长翅了。王葫芦说，好哇，俺身边没媳妇儿，日子过得不成日子。

谁知道。柚子瞅了王葫芦一眼，面上一红。

天大亮后，王葫芦带柚子上街吃早餐。过马路时，王葫芦在前，柚子紧跟着，王葫芦没走斑马线，柚子慌张地避着来往的车辆，她向前赶了两大步，把手伸给王葫芦，半路上又缩回头。

这娘儿们。王葫芦在心底笑了。

脚刚落龙州时，柚子嘴边成天嘟噜：这城里就是人多，多得跟煮饺子似的。王葫芦以为柚子最多待上十天半月，但他打破天也没想到，柚子来了就断了回家的念头。王葫芦不敢催柚子走，怕柚子生疑。

柚子很快对城里熟识了，过马路时走斑马线，还把手塞在王葫芦的手心。王葫芦瞥了一眼身边粗糙的女人，心里像塞了一把茅草，有些别扭地攥着柚子的手。王葫芦攥着柚子的手时就爱拿她和碧云的手作比较，这一比就显出城乡差别来，就见出女人跟女人的不同，柚子的手粗大，硬生生的骨骼硌得人生疼。碧云的手柔软细致，捏在手心里，像捏着花苞。王葫芦心中生出一些自得，碧云这么亮堂的城里女子，咋就挑上我王葫芦？碧云虽被自个男人甩了，但她长得出挑，又有好几处房产，啥样的男人找不到。

王葫芦心悬得厉害，柚子竟跟院里的住户一个个熟识起来，大家都晓得他和房东碧云的事，万一哪天哪个说漏嘴，这馅就抖出来，再说他和碧云的事一直招人眼馋，没准有暗中使坏的。让王葫芦打破天也没料到，碧云竟跟柚子走得很近，这两人碰在一起，王葫芦心中就滋的一声响。碧云见了暗中骂王葫芦心眼小，说老婆情人在一起不刮风不起浪，你王葫芦这日子过得不滋润嘛。

王葫芦不敢冷落柚子，好歹柚子是明媒正娶抬进门的，给他生了一双儿女，侍候着一家老小，这些年他出门在外，钱虽不断寄回去，但人却很少着家，一大家子是靠柚子撑着。

柚子来后，王葫芦偷偷上碧云的屋子，大多是后脚进前脚出。他感到对不起碧云，碧云对他是真心实意的，都随了他好几年。他盼柚子早点回去，那么一大家子，柚子心里咋说放就放得下呢。

柚子没有丝毫走的意思，还让王葫芦给她找一份工作，再苦再累的活也不怕。王葫芦说城里要的是技术活，出苦力的工难找。柚子说那就上工地做工。王葫芦拍了一下脑门说，工地也要技术活，这城里盖的楼都有十几层好几十层高，不像乡下人搭的那鸡窝，是个工匠都能上场。

柚子还挺缠人，常悄悄地嘀咕：这楼下的咋看咋不像两口子。王葫芦一惊，说，两人在老家都有家有口，在外打工图个平日互相照顾，就凑在一块搭伙过日子。

一听这话柚子就恨恨地说，这人咋就下贱成了牲口，日后回老家，拿啥脸去见家中的那口子。

王葫芦心头一颤，忙说，大家进城打工都是这样的，城里人也一样，这年头在这方面谁都见得开了。

葫芦，你不会也跟那人一样成了牲口吧？柚子扫了葫芦一眼，甩出一句话：葫芦，你要真成了牲口，就早点知晓俺。

这娘儿们。王葫芦心头又是一颤，忙说，俺哪会成牲口，俺挣的钱一个子儿不少地寄回家，哪有钱在外养人。

葫芦，这城里真让人害怕，俺还是一起回家吧，在老家心里多踏实。柚子突然说。

回老家上哪挣到这么多的钱，你过得了穷日子俺可受不了，将来拿啥供立人谷雨上大学。王葫芦气急地回一句。

柚子扫了王葫芦一眼，一声不吭地走到一边。王葫芦发现，柚子看他和院子里男女的目光和以前不大一样。

柚子还是把王葫芦和碧云堵在屋子里。柚子倚在门框上，冷飕飕地看着。

柚子，对不起……碧云低着头。

碧云妹子，俺不怪你，俺怪王葫芦没出息，俺替他守着家，他在外变成牲口。柚子说。

王葫芦心头一颤，他从柚子面前蹿过去时，柚子冷冷地叫住他：王葫芦，咋就这点出息，我都替碧云妹子感到委屈，把衣服穿好再出这个门。

家园何处

A

坟地里埋的都是死人，还没活人睡进去。王守仁在姑娘的坟边挖了个坑，土坑长方方的，棺材般大小，大半人深浅。坑挖好了，王守仁一头扎下去，躺倒在土坑里。坑是照着自个身段挖的，王守仁躺进去，坑不长一分也不短一寸，正合身子。

姑娘，俺来陪陪你，说说话儿，好多的话儿一直堵在俺心头，都好几个年头，差点把俺憋闷坏了。姑娘是王守仁的老伴，从老伴嫁进门的那天，他就一口一口地叫姑娘。

一躺到坑里王守仁就犯迷糊，姑娘来了，立在眼前，还是年轻时的俊模样儿，浅浅地笑着，抿着嘴娇声说，哎，来啦。咋能不来，得给你搬个家，这地儿不让待，姑娘，你想去哪？娃儿们要将你送到西山公墓，俺想给你另找个清静的地界，将来好去给你做伴儿。王守仁叹口气说。你就做主吧，别惦挂着俺，好生生地活几年，多看些人世的景儿。那能不惦挂呢，这些娃儿磨人心，活久了让人烦。俺俩都老了，老了就得有伴儿，可俺俩倒成了牛郎织女，一个在天上，一个在地上。

俺俩这可不是天上人间，是阴阳两隔，你在外头好好过日子，真过不下去再来给俺做伴。娃儿们没经一点世事，哪懂得人间冷暖，你就担待他们点。快起来呀，这地里寒气重，可别冻坏了身子骨。俺不跟你唠叨，俺得走了。姑娘深情地望他一眼，还用力推他一把。

王守仁栽了个跟头，一下子惊醒了，坑里潮气重，他感到身子化成一股刺骨的寒气。王守仁猛地从坑里立起来，瞅了一眼四周，猛喊一声，娃儿们，我见过你娘了，她说了，让我给她找个清静的地界，她不去西山公墓，不图这个热闹。你们就别操这份心。

B

王守仁蹲在姑娘的坟头，手里托着把酒壶，口对着壶嘴一口一口地喝。王守仁喝一口就望一眼四周再说上几句。娃儿们，俺这辈子就好这口酒，你娘生前从不拦我，天天还在灶头温壶小酒。俺喝酒还爱耍小性子，拿豆子作下酒菜，别的啥都不稀罕。娃儿们，你娘就好生生地养着俺这小性子，山脚下田埂头塘后梢哪怕巴掌大的旯旮都栽上大豆，你娘天天炒豆子给俺当下酒菜。

你娘走后，俺就养不住这小性子，天天喝得是寡酒。这大半辈子享着你娘的福，你娘走了，这日子就清汤寡水，这几年俺像失了魂，魂儿让你娘偷走了。

娃儿们，俺不敢上你娘的坟头，怕去了就不想回头。俺天天站在家门口瞅着你娘，瞅着瞅着，俺就觉得这辈子亏欠你娘的太多了。

娃儿们，你娘这辈子没享过一天的福，活着时，把自个的日子活在一家老小的日子里，把自个的心放在一家老小的身上。娃儿们，你娘走了好，她是自个享自个的福去了，到了世间的另一头她就不用操一家老小的心，就自自在在过自个的日子。

老家不让人待了，你娘不想搬走，更不想搬去西山公墓，那儿人挤人，吵死人，连睡个觉也不安稳，你娘就想图个心静。俺只好对她说，这家得搬，九子岭以后要起一座汽车新城，工厂做出来的全是车子，到时更不让人安稳。俺说要把老家搬到一个山清水秀的清静地界，你娘才答应下。

娃儿们，俺和你娘商量过了，明天俺就上你舅家，你娘的根在那里，

俺给她在那边找一块好地。找好了地儿就给你娘搬家。日后俺走了，也去你娘身边，天天给你娘做伴儿。

娃儿们，你们一个个给俺听好了。日后俺哪儿也不去，只给你娘做伴儿。

C

王守仁双手捧着一个新瓦罐，一屁股落在姑娘的坟头上。姑娘，俺昨个上西鹅了，冬瓜说西鹅这一片过几年也要被征收，汽车城大得很，装了远近十几个村子。冬瓜说，亲不亲，娘家人，姐想把老家搬回娘家是好事，可他怕姐在娘家待不上几年又得搬家，搬来搬去那不是折腾姐嘛。冬瓜还说这地儿一征收，他也愁日后找不到埋身子骨的清静地儿，西山公墓可不是人人都想去的老家。

姑娘，俺琢磨过了，冬瓜说的也是个理，俺也怕搬几次老家折腾你呢，一个地儿刚待熟了又去另一个生地儿那不是磨蹭人嘛。姑娘，俺亏欠你的太多了，连个像样的老家都替你找不到。

昨天，从冬瓜那出来，俺一直往北走，一直寻到几十里外的长子岭，长子岭山清水秀，真是个清静地儿，俺打心眼里喜欢这长子岭。姑娘，俺想你也欢喜这儿的。俺找了一块好地儿，给人家钱，可人家不理俺的茬，说那儿有他们的祖坟，不能坏了风水。

姑娘，俺寻思过了，娃儿们让你上西山公墓，你就应了，把身子骨埋在那儿，俺把你的魂儿带走，悄悄地安放在长子岭。俺老了就去长子岭天天给你做伴。

姑娘，你准备好了没有？俺把你的魂儿装在罐子里，在路上就不会走散，姑娘，快进来，罐子小，先委屈委屈你。

姑娘，俺把你的魂儿带走！姑娘！

王守仁一边喊一边从坟头上抓起一把把泥土，填进罐子。一时间尘土飞扬。

娃儿们，你们都有钱了，一两百万的征地补偿款让你们过上有钱人的日子。可人是有根有魂儿的，人的魂儿根儿也是天地的魂儿根儿，它

们要俺们时时用一方地儿供养。

姑娘，俺把你的魂儿带走啰！姑娘，你就跟着俺走。王守仁庄重地捧着瓦罐，像捧着自个的魂儿，一路呜咽着喊。

姑娘，俺把你的魂儿带走啰！姑娘，你就跟着俺一路走好啰。

娘家人

嫁出门的女，泼出门的水。可这话在大河肯定行不通，大河一带自古就有个传统习俗，大河的女人家都跟自个娘家人亲，所谓嫁出门的女在大河也还是这个家门里的人。亲不亲，娘家人；血浓于水这些话在大河还有另外几种说法：这娘家人是女儿家的靠山和门面，这娘家人是女儿家的主心骨，这娘家人更是女儿家的贴心棉袄……这女人在婆家受个委屈啥的，这夫妻间吵嘴打架啥的，这邻里街坊起了纠纷啥的，这不都要靠娘家人出头撑腰。这娘家人在大河女人心中还有更精彩的一曲绝唱，这女人一旦身老归土后，一定要有娘家人到场哭丧送行，这娘家人哭天号地的，这死者在地下就睡得安生，能够早日得到超度。这娘家人在大河女人心中的地位可想而知。

青玉嫂是个例外，青玉嫂好像没啥娘家人，青玉嫂是从百十里外山那边嫁过来的。青玉嫂和男人大广是自由恋爱的，大广在集市上买鞋，回到家才发现摊主多补了十元钱，大广又返回了集市，找到摊主把钱还了回去。这摊主就是青玉。青玉觉得大广这人心眼实，就认定了大广是她一辈子依靠的男人。

青玉嫂跟娘家人没啥走动，大河的女人都感到奇怪，谁没娘家人呢?！这青玉咋会没娘家人？大河的不少女人四下打听，却一无所获，青玉娘家隔得远，连大广也只去过一两回。有人拐弯抹角地问青玉嫂：娘家都有些啥人？他们都在干啥！青玉嫂愣了一下，她明白了别人问话的意思，知道大河的女人都看重娘家人，她淡淡一笑说，我娘家只有一个哥哥，哥哥早年在北京上学，后又在北京工作成家，工作忙，已好几年没回来过。这可了不得，原来青玉的娘家哥哥是在首都工作，难怪人家藏而不露。问的人一下子肃然起敬。

这事在大河一下子炸开了，女人们都知道青玉嫂有个在首都北京工作的娘家哥哥。北京，那可是伟大祖国的心脏，这颗心脏竟和青玉嫂有着丝丝缕缕的联系。

大河的女人从此高看一眼青玉嫂。青玉嫂为人厚道，不张扬不计斤两，处事张弛有度，乐于助人，能吃亏能容人。一来二去，青玉嫂在大河的女人中很得人心，渐渐这女人在婆家受了委屈、两口子打架、两个女人起了纠纷什么的，也有人不再找娘家人，而是来找青玉嫂主持公道。青玉嫂从不推辞，以理服人，不偏不倚，公正无私。青玉嫂在大河的女人中渐渐树立起了威信。

但也有人对青玉嫂有一娘家哥哥在首都北京持怀疑态度，不时地嘀咕上几句，说青玉嫂咋长年不见这娘家亲哥哥一面呢?

有一年农闲时，儿子也丢得开手，青玉嫂突然收拾行李，背了包裹出远门去了。出门前，青玉嫂说她娘家哥哥托人捎话来，让妹子去一趟北京，逛一逛天安门，看一看孟姜女哭倒的长城……大河的女人都感叹不已：大河和首都相隔几千里，大河从未有人出过这么远的门，这青玉嫂可真幸福，有个在首都工作的娘家哥哥。青玉嫂在大河女人羡慕的目光中踏上了去北京的路。

两个月后，青玉嫂才从北京回来了。从北京回来见过了大世面的青玉嫂依旧朴朴实实的，却从北京带回了大河人很少见过的花花绿绿糖果糕点之类的东西。那些天，大河的女人和孩子笼罩在青玉嫂从北京带回的喜悦里，吃上了来自首都北京的糖果糕点。

大河人这回信服了，再也没人对青玉嫂有个在首都工作的娘家哥哥嘀咕啥了。大河的女人更加高看青玉嫂了，青玉嫂又是大河唯一见过大世面的，大河的女人有了疙瘩棘刺儿难处啥的都爱找青玉嫂，青玉嫂不愧是见过大世面的，这些疙瘩棘刺儿啥的再缠人都让她给化解开了。大河的女人感到离不开青玉嫂了。

这年农闲时，青玉嫂又背了包裹出远门去了。青玉嫂说她娘家哥哥托人捎话让妹子去趟北京。

青玉嫂又在大河女人羡慕的目光中踏上去北京的路途。

到了青玉嫂该从北京返程了，可大河的女人掰着手指，就是不见青玉嫂归来，问大广，大广也跟大家一样，只知青玉出远门去了北京，只知青玉有个娘家哥哥在北京。

大河的女人慌了手脚，青玉嫂咋还不回来呢，走了这么久，大河的女人有了一大筐疙瘩棘刺儿的等着青玉嫂给化解呢。

大河的女人等来的却是青玉嫂在回来的途中出车祸离开了人世这一让人悲痛欲绝的消息。

青玉嫂并没哥哥在北京工作，青玉嫂是个孤儿，后被村里一对好心的孤寡老人收养了，老人双双离世后，青玉嫂就在集市上摆了个小摊讨生活。青玉有个远房表哥在几百里外的国营煤矿当生产处长，青玉嫂农闲时就是去那投靠他打临时工的。

青玉嫂的葬礼很风光热闹，大河的女人都来了，争着给青玉嫂当娘家人，给青玉嫂送行，大河的女人一个个哭得泪水滂沱，天昏地暗。

见过青玉嫂的葬礼的人都说，有那么多的女人给青玉嫂当娘家人，青玉嫂才是大河最幸福的女人。

错误的恩爱

这对夫妻的其中一位半道上突然撇下另一位走了。这对夫妻我们周围的人都认识，男的不仅英俊洒脱，还特别爱笑；女的端庄秀美，也特别爱笑。在大家的眼里，这夫妻俩的生活简直就是一蜜罐子，看到的是笑脸，听到的是欢声笑语。这夫妻俩不仅般配，还特别恩爱，这两人出门时肩并肩手拉手，回来时还是手拉手肩并肩，天天如此，十年如一日。牙齿和舌头一个嘴巴里，还有磕着碰着时，这两口子过日子成天腻在一起，还真没磕碰上一回。

有道是恩爱夫妻不到头，不想这两口子还真应了这话，妻子在一场飞来的横祸——车祸中被夺走了生命。

这夫妻俩男的叫曹天俊，女的叫陈凤娇。大家都认为，陈凤娇这一去，差不多要了曹天俊的半条命，这曹天俊与陈凤娇如此恩爱，还能活得下嘛！我们周围的人一个个古道热肠，都在心里一边为这对恩爱夫妻感到痛惜，一边做好了准备：见着曹天俊时，该如何去劝慰曹天俊，把他从失去陈凤娇的痛苦与打击中解救出来。

我们周围的人一个个在心里准备了一肚子劝慰的话最终却一点儿派不上用场。大家见着曹天俊时，这曹天俊却一丁点儿也未表现出那种死去活来应有的伤心，他的脸上只飘闪着几丝悲伤，有人还捉见了曹天俊脸上若隐若现着的笑容。大家一个个愣住了，一时没反应过来，等曹天俊走远了，才一个个失望得摇头叹息，这曹天俊与陈凤娇可是一对恩爱夫妻，不同常人，怎么这人一走茶就凉?

我们周围的人心一下子冷了血一下子凉了，这曹天俊太让人失望了，大家都不由替死去的陈凤娇感到屈辱，感到愤愤不平……

不到两个月的功夫，我们周围的人就有人发现了曹天俊跟一女孩轧起了马路逛起了公园，开始大家都怀疑事情的真实性，这曹天俊与陈凤娇可是恩爱夫妻，这陈凤娇人才刚走，那被窝子里还存有她的气息呢，这曹天俊咋就一点不念往日的夫妻情分，说找就找。没几天，我们周围的人都信了，大家都亲眼瞅见了，曹天俊真的跟一女孩正轧起了马路逛起了公园，那女孩跟陈凤娇一样端庄秀美，也特别爱笑。曹天俊一脸幸福的笑，和这女孩手挽着手肩擦着肩，无限恩爱形影不离的样子。

我们周围的人见了憋上了一肚子气，这曹天俊与陈凤娇可是恩爱夫妻，哪能这样亵渎死去的陈凤娇的感情，好在陈凤娇和他只做成了半路夫妻，要是两人走到了头，那陈凤娇不是被曹天俊欺骗了一辈子的情感。像大家都认识的梁三才，虽然时常动不动把女人覃桂花打得鼻青脸肿，可覃桂花不在世了，那梁三才三年五载都未走出失去覃桂花的悲伤，有好心人帮梁三才物色对象，梁三才硬是把人家给顶出门了，说这辈子就认覃桂花这个女人。那时人人都认定陈凤娇是天下最幸福的女人，可如今最苦命的女人覃桂花却成了大家眼中天下最幸福的女人，而幸福的陈凤娇却是一个被人抛弃的苦命女人。

我们周围的人看曹天俊跟以前的目光大不一样了，都认为曹天俊这人最靠不住，最薄情寡义，最令人痛恨……

女孩心细，似乎感受到这些街坊邻居的异样，便对曹天俊说，她总觉得背后有一双双眼睛紧盯着她……

曹天俊对大家的变化浑然不觉，觉得女友的想法有些可笑，都是十几年的老街坊，知根知底，再说面对众人的大眼小眼，女人难免天生腼腆。曹天俊满面春风，笑容可掬，见了谁仍热情地招呼着，曹天俊和女孩正热火朝天地恋爱着，开始成双结队出入家中，依旧手挽着手肩擦着肩曹天俊沉浸在幸福的春天里。

我们周围的人见了心痛了血热了，那一阵子，我们周围的人一个个提起了百倍的精神，一双双眼睛变得贼亮贼亮的，我们周围的人都在暗地里紧盯着曹天俊和女孩的身影，大家侠肝义胆同仇敌忾，都在心里替那女孩捏了把汗，担心她上当受骗，那曹天俊能骗陈凤娇十年，难保他不会骗走这女孩一辈子的感情……

接下来，我们周围的人一个个巷子里和曹天俊及女友巧遇上了！

小曹，这孩子咋跟凤娇一个模样，这凤娇才走了个把多月。

天俊，你真有本事，这凤娇嫂前脚刚走，你后脚就捞上了一个大美女。

小曹，看着你俩恩恩爱爱，我就想起了凤娇，当年你和凤娇也是这般恩爱，可凤娇说走就走了。

小曹啊，如今你出双入对了，凤娇在地下有知，就不用牵挂你了，该闭眼了。

……

曹天俊脸上的笑容一下子僵住了，他张大着嘴巴，像一条窒息的大鱼。还是女友拽着他，慌乱地逃回了家中。不久，屋子里传出了两人的争吵声，继而是女人的啜泣声。过了好一阵子，只见门悠地开启了一道缝隙，曹天俊女友悄悄地闪了出来，低着头踩着凌乱的步子走远了。

我们周围的人一个个吁了口气。此后，大家发现曹天俊一夜间老了，再也不会笑了，准确地说脸上的笑容一直僵化住了，见了我们周围的人就羞愧地低着头，一副做错了事的样子。

不久，曹天俊搬家了，一夜间苍老不会笑的曹天俊终于远离大家的视线。

自那次巧遇后，我们周围的人一个个再也未见到曹天俊和那个与他谈过恋爱的女孩。我们周围的人都很高兴，感到自己做了一件天大的好事。

田原风光

眼看年关的门越来越窄，芬芳才孤身一人踏上了回家的路。出远门四年多，芬芳还是第一次回家。四年的时间，家在芬芳心里凝成了一幅画卷，定格成一幅田原风光。

芬芳一身尘土意外地出现在家人的面前，娘一怔一怔地看着她，过了好久才说，回来前你咋不招呼一声。芬芳笑了笑，回来前她还没拿定主意，她还想给爹娘一个惊喜。

爹娘心中欢天喜地的，芬芳感受到久违的亲情，楼房是哥哥去年翻盖好的，站在宽敞透亮的堂厅，记忆那种熟识的气息不见星点，四周弥漫着一种陌生的气息。家中的一切似乎都变了样子，那栋几十年的老房子荡然无存，芬芳心头颤过丝丝迷惘。

吃过饭，娘把芬芳关在房间里，上上下下将闺女全身筛了个遍，芬芳被娘看得有些难为情。

闺女，你这一走就是好几年，这几年你是咋过的，咋不回来瞅娘一眼。娘有些怨怼。

这不回来了，我可是哪儿也没少！芬芳眼一热，这几年在外奔波的辛酸，她只想埋在自己心里。芬芳看着娘，真想扑在娘的怀里撒次娇，再痛痛快快地哭一场。

二丫可是年年回来，一年比一年风光。大河的不少女孩子都跟着二丫挣大钱。娘瞥了芬芳一眼说。

嗯。芬芳皱了皱眉头，应了一声。

二丫可是大河的红人，大河那哪不求她将女儿带出去。娘又瞥一眼芬芳。

娘是哪壶不开提那壶。

这是真的？芬芳突然明白娘话里的意思。

二丫爹娘在大河可神气啦，穿金戴银的，说话也拿腔拿调。二丫娘一见我就说，芬芳要是肯跟着二丫干，你早就享福了，还用得着下地干活……

娘，大河的人知道二丫都在城里干些啥吗？芬芳一脸惊讶。

开娱乐城，专门侍候城里有权有势的人。娘头也不抬地说。

芬芳望了娘一眼，她突然觉得四年的时光如同一座大山，将她和娘隔绝开来。她和娘生分了，已是两个不同世界的人。

那大河人还咋让闺女跟二丫出去？芬芳忍不住问。

挣大钱嘛！二丫带出去的女孩子哪个一年不是挣个十万二十万回大河。她们爹娘种了一辈子田，也抵不上女儿一个月挣得多。娘的口气中透着羡慕。

芬芳一时睁大眼睛看着娘，她难以相信这番话是从娘的口中说出来的。娘打小教育她做人要老实本分……当年二丫要她接待客人，芬芳差点没脸做人，就和二丫闹翻了，一心选了自己的人生之路，坚守着自己，在龙州城里四处打工，业余参加自学考试……可这四年的时光却让娘变了个人。

娘。芬芳情不自禁地叫了声。

娘望了芬芳一眼，似乎意识到什么。

这几年连家也不回，娘心里一直悬着呢。

四年在龙州的时光搅动着芬芳的内心世界，掀起了风浪。芬芳强抑着泪水，从旅行箱里拿出两本毕业证书，一本是会计专科证书，一本是会计本科证书，摊开在娘的面前。娘，这是我用四年时光参加自学考试换来的大学毕业证书。

娘盯了一眼，淡淡地说，难怪二丫去年回来，一见我就说你是大学生了……

第二天，芬芳起了个大早，赶到镇上。她在龙州就想好了，家中盖了新房，她要给爹娘带回一件特殊的礼物。一路上她小心地看护着，生

怕它受到一点损伤，好在完好无损地带回了家。

芬芳带回家的是一幅二米多长的十字绣品——田原风光。

这幅十字绣是芬芳在打工和读书之余一针一线绣出来的，在这幅绣图上，有花团锦簇的春天，有如火如荼的夏天，有金灿灿的秋天，还有苍茫的冬天。芬芳将一年四季春夏秋冬的景致和谐完美地统一在这幅乡村的田原风光里。

在镇上装裱好，芬芳找了辆车小心地运回了家，挂在堂厅的正墙上。

大河人听说几年未回的芬芳从千里外的龙州城带回一件宝贝疙瘩，便涌来瞧稀罕。大家见是一张两米多长的玻璃框，框里嵌着一幅网格状的布，布上绣着一些乡村乱七八糟的风景。大河人盯着它看了半天也摸不着头脑，更不知它宝贝在哪？

娘招呼大河人坐下来喝口水，一个个都笑了笑摇了摇头走了。

娘的脸挂不住了。待人走光了，娘用目光捉住芬芳，说闺女，你从龙州带回的是啥东西，丢人现眼，让大河人看了回天大的笑话。

娘，这幅田原风光是十字绣品，我一针一线绣的，花了三年多功夫，想到家中盖了新楼，我就把它带回来。

不是娘说你，墙上挂这东西，你还不如买几幅画儿挂上去。人家闺女从龙州带回的是金银珠宝。

娘。芬芳噙着眼泪，充满失望委屈地叫了声。

娘无声地瞥了芬芳一眼。

芬芳心头一颤，泪水汹涌而出，她忙转过身去，不让娘看见。

翌日大早，芬芳去镇上给爹娘买礼物。回到家，她发现墙上的绣品不见了。

芬芳心一下子像被掏空了，忙问去哪了？

你哥嫌难看，扔柴房了。娘朝柴房努了努嘴，说。

芬芳愣了一下，忙奔柴房。那幅田原风光被扔在一个脏兮兮的角落里。芬芳哭了，在这幅绣图里，有她对亲人和家乡的思念，如今在自己的家中，连它的一席之地也没了。

过了大年初二，芬芳就告别了爹娘，带着那幅田原风光匆匆地踏上了回龙州的路。芬芳没有对爹娘说，她的这幅田原风光被一个大老板看中，人家愿出十万元的高价买走。芬芳硬是没卖，她告诉对方：绣品是有价的，这份乡村的情感是无价的。

在回龙州的途中，芬芳一直在想：在自己那个小小的蜗居里，这幅田原风光该如何安放？她漂泊的心又何处可安放？

风景

球实坐在临街的阳台品茶，阳台布置得很温情，足以放得下球实一颗悠闲自在的心。

人至中年，把该经历的都经历过，球实感到自己就像一艘驶离风暴区的船，早已泊在宁静的港湾，这时的球实就有种面朝大海的感觉。

马路上人来人往，俯视芸芸众生，每个人生都是一处独到的风景。想当年，球实成天混迹于这些人中，为一日三餐四处奔走劳碌，那时的辛酸苦楚早如同火山灰般抹在心底。

十几年前，球实借了不少钱买下这处不被人看好的临街房子，球实看中那个宽敞的阳台，还有房子后面近两百平米的院子。后来，有不少人眼馋这房子，但球实就是不肯出手。

临街的阳台如今成了球实看风景的好地方。有时苦难也是一种风景，球实习惯回头看看，看看走过的那些年，他在这里不仅可以回味过去，还可以回到这些平常人中间。

在众多房客眼中，球实是一个好房东，人好心善体谅人难处，不涨租，有时房客钱不凑手欠上几个月也不催租。

球实常来这儿，他给自己留了东头二楼的套房，在阳台喝小半天茶，有时还走到院子同大家唠叨唠叨，拉拉家常。和房客打成一片后，球实时常收到大家的礼物——都是些来自乡下的土特产。球实将这些土特产看作是和大家的一种友情的象征。

房客中有个年轻的女人，球实听见她男人一声一声燕子燕子叫。球实的眼前就上下飞着一只燕子。燕子的男人吴为很不成器，早变成赌鬼，恨不得把燕子兑换成赌资。

燕子很爱自己的男人，一口一个老公叫，看男人的眼神黏糊糊的。球实一见燕子红肿的双眼，就明白吴为又向燕子伸手要钱，球实就有些心疼燕子。

燕子。

嗯。大哥。

燕子。球实突然不知要跟燕子说点啥。

大哥……燕子不敢看他，低着头，吞吐着。

燕子。手头紧吧，我这有五百元，够不?

够了够了，大哥，谢谢。燕子接过钱，转身进了屋子。

球实呆立了好几分钟，屋里吴为欢快的声音刺痛他，他听见心底的叹息声，想不透燕子咋会死心眼跟吴为这种人过日子。

燕子很快会还上钱，燕子在外面接了很多车衣的活儿，不分昼夜地干。

逮着吴为时，球实会狠狠地说他一顿。

吴为哭了，说自己错了，流下眼泪，发誓以后不赌了。

吴为会老实那么几天，但过不了多久，赌瘾又犯了。

再逮着吴为时，球实照例会凶他一顿。吴为照例会老实安分几天，随后又犯了赌瘾。

大哥……吴为是好赌，别的什么还是好的。大哥……你凶他后，看他那失落落的样子，我心里好难过。燕子还钱时突然说，她不敢看球实，局促地低着头。

球实定住身子，看着燕子，心动了一下。这燕子，是真的喜欢吴为。吴为咋就这么不成器，咋就这么糟蹋自己糟蹋燕子。世上还真有燕子这样的女人，世上的事还真让人看不懂。球实此后常关照燕子，将朋友送的一些东西顺手转给燕子，球实想将租金免了，但燕子不肯。燕子说，大哥，你很照顾我们，我们都还不起你这份情了。

这燕子。球实在心底叹着气。

燕子将球实当成大哥，春天燕子会给大哥纳上几双亚麻布鞋垫，秋天给大哥织两件线衣……燕子针线活很棒，让球实心里一亮。

情人节那天，燕子突然穿了件新大衣，燕子变漂亮了。吴为从外面回来，这天他手气很背，身上钱又输个干净。吴为一看到穿新衣的燕子，还有燕子衣车旁的一束鲜花，猛地想起今天是城里人的什么情人节，气就不打一处来，开始骂咧咧：怪不得手气背，都是你在家招的。吴为看出那衣服不便宜，燕子一直不舍得给自己添新衣，就骂燕子收了谁的礼，给谁当情人？

燕子说没有，她没给谁当情人。

吴为说燕子，你还真出息了，这新衣和花是怎么来的。你说，新衣和花是谁送的。

燕子死活不肯说出送花的人。燕子只说自己是清白的，清清白白地做人！

吴为不信，燕子死活不肯说出送花的人，吴为越认为燕子心中有鬼，燕子一准背着自己搞了野男人。吴为发狠地说，燕子，你要真是清白的，就死给我看！

燕子真拿刀一声不吭地抹了脖子。

吴为没想到燕子真是烈性子，直呆呆地看着倒在血泊里的燕子。

燕子刚送到医院人就没了气。

球实听说燕子的事后直呆呆地发愣，新衣和花是他顺手转给燕子的。他给多年的相好准备的，出发前两人闹了别扭，球实看到燕子就顺手给了她。

燕子当时一脸欢喜。

没想到一束花让燕子送了命，球实很内疚。

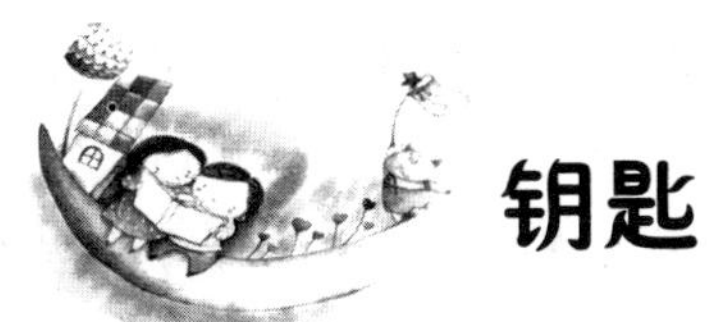

钥匙

小女孩手中拿着一串钥匙，定定地站在门前的过道上。

我下班回家时，小女孩站在过道上迎住了我。她仰着小脸蛋，定定地望着我，用童稚的声音问："叔叔，这钥匙是你和阿姨丢失的吗？我是在你家门前的过道上拾到的。"

小女孩的目光一片天真无邪。

我仔细地看了那串钥匙，不错，这串钥匙平日是妻掌管的。妻不小心把它遗失在过道上，幸亏是楼上的小女孩拾到了，要是落入了窃贼的手中，后果真不堪设想。

我用感激的口吻和欣赏的目光对小女孩说："小朋友，多谢你了，这串钥匙是阿姨丢失的。"

小女孩把钥匙还给我，她仍定定地站在过道上，仰着脸望着我，问："叔叔，这串钥匙真的是阿姨丢失的吗？"

我很快明白了小女孩的意思，她要对拾到的这串钥匙负起责任。我熟练地从中拣出一把钥匙，旋开了我家的防盗门，转身对她说："小朋友，这串钥匙真的是阿姨丢的。来，小朋友，进叔叔家玩玩。"

"多谢叔叔，我从放学起就在叔叔门前一直守到现在，我得赶紧回家。"小女孩说着蹦蹦跳跳地上楼去了。

妻下班回家后，我有些激动地对她讲了小女孩和那串钥匙的故事。

妻疑疑惑惑地望着我说："钥匙我好像是忘在卧室里，它怎会莫名其妙地跑到了过道上？"

妻的话泼了我一身的凉水，我生气地说："钥匙是楼上的小女孩拾到后亲手交给我的。"

她见我有些不高兴，忙自我解嘲地说："瞧我这记性，真是越来越差劲了。"

我和妻一夜无话。

第二天，我照例下班回家。在家门前，我用自己的钥匙却怎么也打不开防盗门。我慌了神，急得满头大汗。我想家中可能发生了可怕的事。

我做梦都没想到，妻突然打开门，笑吟吟地站在我面前。

"我向厂里请了假，并叫人来家里换了一把门锁。"她邀功请赏似的说。

面对妻的笑脸，我哭笑不得，不知该说什么好。我感到自己的脊梁骨一阵冷一阵热，不知今后怎样去面对小女孩那天真无邪的目光。

事隔两天，我下班回家，在楼下的草坪上又和那个小女孩相遇了。她手中拿着一把沾着泥土的钥匙，仰着脸站在夕阳里。

我有些心虚，本想避开她，但她却迎上来用天真的目光盯着我说："叔叔，我又拾到了一把钥匙。叔叔，这是你家的钥匙吗？"

我瞅了瞅小女孩手中那把沾着泥土的钥匙，它确是我家过去的门钥匙，也就是小女孩上次拾到后交还的那把门钥匙。换上新锁后，它大概被妻扔到了楼下的草坪里。

我像做了错事，忐忑不安地对小女孩说："哦，这钥匙是叔叔的。"

"叔叔，你家的钥匙今后可要保管好嘛！"她把钥匙交还我，又仰着脸定定地望着我问，"叔叔，这钥匙……"

这时，我心里又一阵发虚。显然，小女孩没忘记要对她拾到的这把钥匙负起责任，可是，我用这把钥匙却再也打不开我家门上的锁了……

王小山

王小山这孩子特胆小怕事，有时自己能把自己吓坏了，譬如他在灯光下一转身，猛地看见自己的影子，也会吓一大跳。一次，村里两个女人吵架吵得很凶，吓得小山半天不敢出门上学。在小山面前，大人都有种心虚的感觉，不敢太声张，怕吓着他。

小山这孩子除特别胆小外，其他方面还真挑不出啥毛病，既听话又懂事理，一点不像别的孩子尽惹是生非。小山这孩子平日还跟小动物们亲，爱成天溺在一起。用小山妈的话说，这孩子跟动物有缘呗。但小山跟人之间好像总隔着什么，别人看他，也总觉得隔着什么。

王小山养着一只大黄狗，还养着两只鸽子，有时上学放学的途中，大黄在前面跑，鸽子在头顶上飞，羡慕死了村里的一群孩子。有的孩子喜欢大黄狗和鸽子，就跟王小山走得近，可大黄狗除了小山，对谁也不搭理。鸽子也一样，谁逗它都飞得远远的。

村里的孩子十分眼馋，一个个莫名其妙地恨上了大黄狗和鸽子，有的还用熟红薯裹着三步倒来毒大黄，有次大黄误吃了三步倒硬撑到家门口才晕过去，大家都以为大黄没救了，可小山不死心，硬给大黄灌下一肚子肥皂水，又想尽办法，还真把大黄从鬼门关拽回了头。打这以后，小山把大黄和鸽子看护得紧，大黄经过一场生死炼狱，看谁都不对眼，一个劲地吠叫。

有年冬天，雪一连下了好几天，厚厚实实铺盖着大地，乡里批准了小山家的新宅基地，村长冒着大雪从乡里取回报告，又给小山家送过来。小山爸很感动，这块宅基地据说风水好，村里好多家都想要，村长上上下下做了好多工作才做通了。小山爸搓着手一个劲地留饭，村长望了望

外面的天就一口答应，还让喊来生产队长，队长的功劳也不小。虽说是一顿饭，小山爸还是感到很为难，不知拿啥来招待村长。大雪封路，家里啥也没备下。队长看出小山爸的难处，拽着小山爸到了厨房小声说，小山不是养有狗和鸽子，这大冷的天，不是最好的下酒菜嘛。小山爸搓着手说，我差点忘了。可想到小山跟狗和鸽子的感情，话又吞吐起来。队长是个明白人，立马说，载德，村长为了这块宅基地，做通了那么多人的工作，你一个当天皇老子的，连自己的儿子也说不通。王载德有些羞愧，搓着手去跟小山说事，在儿子面前，王载德心里怯怯的，像敲鼓似的。这狗和鸽子是小山养的，真要拿它们当下酒菜，那不是要了儿子小命。可拿什么来招待村长，他王载德拿到这块宅基地，村里人都高看他一眼。顶着村长天大的人情，一条狗和几只鸽子又算得了什么。

王载德知道小山从小听话懂事，在大恩大德面前知道孰轻孰重。王载德一狠心，把啥话都跟儿子挑明了。

爸，这大黄和鸽子非得杀吗？小山听完静静地问。

小山，咱头顶着村长天大的恩情。王载德直截了当地说。

小山没再说什么。

王载德也没再说什么，转身去寻人帮着杀大黄。王载德心里很高兴，小山这孩子打小就是个听话懂事让人省心的孩子。

杀狗时，王载德让儿子出去避一避，家里平日杀个猪啊鸡的，小山从不敢看。可这回小山不仅不避，还倚着门框从头至尾看着王庆帮在雪地里把大黄给杀了并剁成一块块下酒菜。

王载德心里特高兴，小山仿佛一下子长大了，也不再胆小怕事。这孩子真让人高兴。那天王载德头一遭醉酒了。

那天，王庆帮杀狗时，生产队许多孩子都到场瞧热闹，我也去凑了一回热闹。那天，我看到王小山冷脸倚在门框上，当大黄狗的血溅在白茫茫的雪地上，王小山的眼里闪着泪珠。王小山把眼泪藏得很深。

十多年后，我回老家探视双亲，在村头竟遇见了王载德。王载德身子成了张弓，一头白发，我差点认不出他了。王载德认得我，说，荣海，我是小山的爸呀。

我叫了声载德叔，说，这么多年，大家变化太大了。

王载德拉住我胳膊，说，荣海，你是读书人，你给载德叔说说，小山这孩子打小就胆小怕事，又听话明事理，他咋会伙同人去抢银行呢！荣海，你是读书人，你给载德叔说说，小山这孩子咋会变得天不怕地不怕的。

我一下子愕然了，说不出话来。我敷衍了几句，才摆脱了王载德的纠缠，慌乱地逃走了。

王载德的声音在身后追上来，荣海，你是读书人，你给载德叔说说，小山这孩子咋会变得天不怕地不怕……

回到家，我把在村口碰见王载德的事说了。

母亲叹了口气，说载德人差点疯掉了，天天在村口缠着人问小山的事。小山这孩子造孽啊，去年在省城伙同人抢了银行，还杀了人，听说小山是主谋，被执行了死刑。这孩子可害苦了一家人，一个个也跟着像死过一回……

我呆住了，十多年前那雪地里杀狗的一幕猛地撞在我心上，王小山痛苦无助地倚在门框上，那两颗藏了十多年的泪水让我的心很疼很疼……

活杀

张五常长得皱巴巴的，像揉成团的纸再展开来，就怎么也捋不顺了，五官单个地拉出来一溜，个个都长得顺眼，可归在一张脸上难看。

村里谁也不拿张五常当人看，连孩子也不待见他。张五常跟电影里小人书上那些坏蛋一个模样，招来不少外号：鬼子、反动派、恶鬼、坏蛋、地痞……一开头他打死也不愿接受安在自己头上的绰号，有人喊鬼时，他硬挺着脖子咬着牙根不吱声。伙伴们一声喊，冲上前揪头发抡拳头踢飞腿……几场群架闹下来，张五常身上心头都是伤痛，人乖多了。

有好多回，那些要比他小一茬的毛孩也敢给他起绰号，张五常拿眼干瞪着毛孩子，那些小屁孩用手弯成枪瞄准他使劲喊：张五常，坏鬼子，砰砰砰……快快举手投降。张五常心中砰的一声枪响，人瓷了。

没事时张五常就在心底喊那么几嗓子：鬼子——砰、土匪——砰、坏蛋——砰……老这么喊上一喊，张五常身心顺畅多了。

村里人发现，长得鬼头鬼脸的张五常，人鬼得很，跟山精水鬼一样。下河摸鱼踩鳖，上山捕鸟打猎，哪样都在行都拿手。张五常从河里摸上来的鱼一篓半篓的，夏天发水，冬天天冻裂了，鱼照旧一篓子弄上来。张五常上山下套子也好，用猎枪也罢，扛回村的猎物都是活口，没一个断气的。张五常下套子夹野兽的腿、飞鸟的翅膀，枪打的也是野兽的腿、飞鸟的翅膀，张五常从不打它们的脑袋，猎物没命了打猎也就失了乐趣。张五常只要从山上下来，总不空手，肩上悬的枪尖上总挑满山鸡、野兔、獾子……它们倒挂着身子，拼命地挣扎着，赶动山路两边的树木。

到手的猎物张五常都是活杀，他绝不一刀要它们的命，而是一下一下地动刀子，刀子最先下在那些一点不碍性命的地方，接着一刀比一刀

紧，一刀比一刀要命，那些活着的猎物一口气一口气地落，一口气一口气地断。

张五常这一手又狠又毒，他把这些猎物活杀，一刀一刀的，像抽茧丝般慢悠悠地抽空它们的性命。

杀野兔是张五常的拿手绝活，张五常用一根黑沉沉的棕绳拴紧野兔的后腿，倒悬在大树底下，大树底下围满了看热闹的人，倒挂的野兔惊獐似的用力蹬着腿，像秋千般荡起来，搅得大树底下热乎乎的。村人的目光也跟着荡起来，撞得大树的叶子哗啦啦地响。

野兔耗尽力气，大树底下的村人也聚得差不多了，野兔一双惊悚的眼像两处不见底的深渊。

张五常闲在一边，点着一支烟，烟雾在手指头缠来绕去，最后迷失在密匝匝的树叶间。村人一边说话一边拿眼瞟他一下再瞟一眼颤悠悠的野兔。张五常不看野兔，野兔早已是他的猎物，它的命牢牢攥在他手心。

野兔在大树底下晃得迷糊，张五常瞟一眼候着的村人，见火候到了，豁地立起身，从腰间皮套里拔出刀子，一把亮晃晃的剔骨的尖刀，张五常叼在嘴巴上，三步就晃身到野兔跟前，就在村人一愣神时，刀子已从野兔的肚皮上一路划下来，野兔还在迷糊，张五常活生生地剥着，也就一袋烟的工夫，一张完整的兔皮已彻底离开兔子的身体，野兔忘了伤痛，只剩一双褐色的眼珠在动弹。张五常咕咚喝了一大口水，猛地喷在野兔的头上，一刀猛地扎下去，划拉开野兔的肚子。张五常一样一样摘着野兔的内脏，活生生的野兔一点点地感受着死亡的伤痛。干巴巴的空气里撒满血腥味，大树上的叶子哗啦啦地响。

狠人，真下得狠手。有人小声地嘀咕。

张五常真他妈的狠。有人跟着说。

张五常忙活完了，擎着刀子走到一旁，在大丛的草丛上抹净血，碧绿的草饮了血更精神了，在风中傲着身子骨。收了工，张五常将刀子插回套子里，扔下村人，摇摇晃晃地走远了。

狠人，真他妈的狠人。话在张五常耳边缠着。

张五常没想到这只野兔大不一样，把它吊在大树底下时，他就感到它不简单。它静静地挺着身子，不惊不慌不乱更不蹬腿儿，它不看人，安静地闭着眼等着杀它的刀子。

大树底的孩子觉得一点不好玩了，纷纷去掇弄这只兔子，野兔倒悬着身子，一动不动地定着身子。

大树底下一时静了，所有的人仿佛被什么定住。村人都紧盯着他，看他这么一个狠人怎么活杀这只野兔。

吸完第五支烟后，张五常耐不住了，村人也熬不住，一个个拿眼光瞟他：不就是一只老实的野兔，一个狠人连这也不敢下手。

张五常像往常一般晃到野兔跟前，刀子硬生生朝野兔的肚皮划下去。

野兔猛地睁开眼，狠劲一蹬后腿，避开刀子，脑袋狠狠撞向大树的树杆上。

嘭的一声炸响，震呆了张五常。村人望着张五常，一齐龇牙咧嘴地笑起来，有的喊：哈哈，五常，这只兔子可是你的大克星，是你的大狠人，你杀不了它，它杀了你。

哈哈……村人一齐快活地哄笑着。

血四溅开来，飞落在地上，也溅了张五常一身，血在空中开出一朵朵红花。

野兔的身子开始像秋千般荡起来。

刀子从张五常手中跌落在地上，在村人嘲弄的目光中，张五常猛地感到自己变成了一只猎物……

就在这天夜里，张五常把自己倒挂在大树底下，用那把亮晃晃剔骨的尖刀给自己开膛破肚，一刀刀活杀了自己……

和陌生男人做爱

这回，马莉一次次执拗地去见一位位女友，不是为了见面叙旧，不是为了喝茶聊天，也不是为那放得下或放不下的友情……马莉是为一桩心事，确确实实，这桩心事老早就潜在心底，热烘烘的如搁着块火炭，搅得她身心翻滚，热浪腾腾。

这桩心事像尖利的鸟喙一直啄在马莉心上，啄一下痛一下，痛一下心又痒一下，痒过后更锁紧了马莉的心。

马莉想和一个完全陌生的男人做场爱，这个陌生男人生就一张硬生生的面孔，这张硬生生的面孔有棱有角，不光亮不圆滑，看一眼就能撞疼撞碎人身心，她和这陌生男人在一个完全生疏的大自然中——周围有丛丛野花，有绿莹莹的草地，有清亮亮的流水……马莉要和这个陌生男人做场惊动天地的爱，做场真正的爱，这场爱不沾一粒世俗的尘埃，不染一丝尘世的欲望，两人纯纯净净和和美美地做爱，身和心完美地黏合，像一朵朵野花悄悄地静放，像一株株草儿柔软地伸展，像流水一般润过身心……

这个荒唐的念头青藤般箍紧了马莉，使马莉喘不过气来，她奇怪这么脏的念头怎么会滋地一下蹿出头，还在心里牢牢地生根，拔不掉也掐不断。马莉老一个劲地问自己咋啦？她可是一个幸福的小女人，也是一个有地位的女人，更是一个骨子里正儿八经的女人，她一个正常的女人怎么会和这么脏的念头滋地粘在一块？马莉觉得身心一下子脏掉了，和一个陌生的男人做爱，对这个男人啥也不知情，这一点不合她的做派，马莉平日一点不习惯和不熟的男人说话，就算很熟的男人，马莉轻轻扫一眼点下头，就算是说话打招呼。对方心头打了个战，心想这女人咋这

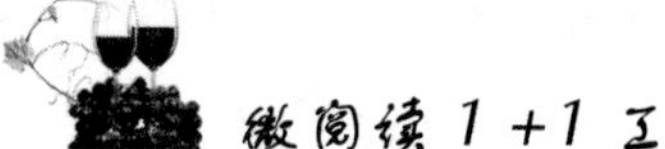

么冷，一点儿不贴人。

在大家眼里，马莉就是这么一个带着凉意冰冷的女人。

这回，轮到马莉看不透迷雾中走失的自己，自己是这样的一个人，又怎么会和这么脏的念头捆在一块。马莉突然闪过一个念头：和一个陌生的男人做爱，是不是女人都在心里想过?

马莉和红蕾面对面坐在咖啡馆里，隔着落地窗玻璃，马莉望着窗外万家灯光，有灯光泻在路两边的小叶榕上，风一阵阵拂动着灯光和树叶。

红蕾是个闹哄哄的小女人，一会儿就能把人身心搅得热烘烘的。马莉定着心听红蕾说话，红蕾说够了，歇了口气，才想起对面的马莉。

马姐，你不是专门听我唠叨的吧。红蕾扭捏了下说。

这是红蕾的可爱之处。马莉在心底笑了，说，红蕾，今天来就是专门听你唠叨的。红蕾，我有一女友，她心底老冒出这么一个念头，就是想和一个陌生男人做场爱，最近被这事闹得心神不宁，她老追问我，怎么会有这种脏念头？是不是每个女人都有这念想？到底能不能这么做?红蕾，我哪懂得这种事啊，我一次次搪塞她，她老追问我。红蕾，你看这事我该怎么回她。

红蕾的嘲讽跑上了脸。

马姐，你这女友真是有病啦，竟痴想和一个陌生男去做场真正的爱，这年头哪有这种纯粹的做爱，男人和女人都实打实得很，做爱时都各取所需。马姐，你这女友太傻了，太不正常了，活得连这点东西也闹不明白……红蕾的两片嘴唇飞快地击打着。

马莉内心羞愧极了，难受极了，她还得强装笑脸，听红蕾的嘲弄。幸好自己长了个心眼，把这个角色安在所谓的女友身上，马莉才勉强坐得住。

红蕾依然在说着，马莉觉得红蕾的两片嘴唇像是尖利的鸟喙，一下一下啄在她的心上，啄一下痛一下，啄两下痛两下。痛过后，马莉心头被那个可怕的念头比之前更强烈地占据着，她急于想和一个陌生的男人做场完美的爱……

“马莉，你怎么啦，在想什么？有没有听我说啊?”

“啊……没，没想什么。”

马莉被红蕾惊醒，不敢再看红蕾，怕红蕾一眼看穿她的心思。红蕾虽然人闹哄哄的，但在男女感情问题上，是个人精。马莉不敢多待下去，找了个借口结了账逃离红蕾。走出咖啡馆时，凉飕飕的风一吹，马莉的身心哗啦掉了一大块，她回头望了一眼埋在角落里的红蕾，红蕾正自顾自地呡着咖啡。同样作为女人，红蕾为啥就没有这种念头呢？难道自己真的有病了，人一点不正常了，身心真的太脏了？不，马莉用尽力气在心底喊了一声：我是个身心都干净的女人，一点儿也不脏，也是个没一丝病态的正常女人。她们的身心才是脏兮兮的，也糟蹋了做爱这两个字。

马莉的生活四四方方的，不会圆也不会扁，就连做爱也像螺帽套在螺钉上。马莉的生活是一方水塘，静得很，多大的风也掀不起一点浪。

水塘涨水了，满塘的水要泄出来，马莉的身心也满了，这荒唐可怕的念头才蹭地一次次蹿出来。

和柳岩、秋洁、雪君、黄莹喝茶吃饭聊天时，马莉分别给自己安了一个个角色：同事——朋友——书中的主人公……她们一个个和红蕾一个腔调，抨击这种荒唐可笑的行为。秋洁离了婚，正一个人享受单身生活，她说想男人了就去找喜欢过自己的男人做爱，绝不会找一个陌生人，那样只会无端地消耗自己的身体。黄莹一直周旋在好几个男人中间，黄莹说有这种念头的女人一点儿不懂得享受做爱，就是一傻蛋，爱的稚儿。

最后一次走出会所，马莉摔了一跤，她从地上撑起身子，一个人一拐一拐地往回走。马莉心头的一丝丝幻想被一双双手撕碎了，她想和一个陌生男人做爱，这想法简简单单，不掺一丝世俗的尘埃，纯净而美好，但在每一个女人眼里，却都被重新赋予了另一种完全不同的暧昧，变成种种可憎的不同面目。马莉突然觉得这些天来自己特别荒唐可笑，她一次次让这种简单纯朴美好本该窝在心头的念想遭受一些人的侮辱。

某天，马莉真的和一个陌生男人做了场爱。这个男人符合马莉对陌生男人想象的面孔。做爱的场地不是开满野花流水潺潺的大自然，而是在宾馆的席梦思大床上，马莉温顺地躺在这个男人的身下时，颤着声问，你想和我做场完美的爱吗？那个男人粗暴地进入她的身体，马莉身子一颤，问，你想和我做场完美的爱吗？陌生的男人紧闭着嘴巴，马莉颤抖着问，你想和我做场完美的爱吗？陌生的男人依然哑着口。在男人的进

攻中，马莉感到自己的身体被撕裂，听见自己的心里一声惨叫以及身心的破碎声。马莉紧缩着身子，扯住床单的双手抓疼了，想逃又逃不出，身心像满塘的水，哗啦一声泄光了。她万般怜惜地抚着自己光洁的身体喊了一声：马莉！

马莉的身体并没有像一朵野花悄然地静放，在那个漆黑一团的夜里，马莉的身心像一尊刚完成的雕塑，被人狠狠地摔了，碎了一地。

白天黑夜

马原把日子过得跟别人不大一样，在别人那里，白天是白天，黑夜是黑夜。可在马原这里，日子被颠倒着过，白天过成黑夜，黑夜变成白天。

白天走到尽头，黑夜对马原就成了白天的开头。马原是熟练的车工，成天同嘶叫不休的车床打交道，马原立在操作台上干活，顶灯的光打在他身上，固定的动作和姿势把他定成操作台上的一台机器。马原仿佛成了车床的一部分，车床在转动着，马原也转动着。

只要车床一开动，灯光下马原一张僵板了的脸就跟那些机器一样，冷飕飕地刺人心，一双黑森森的眼珠子时不时地转一下，让人感到马原还是一活人。马原跟那些机器一样会干活儿，车出的活儿跟一件件工艺品一般精细，让人爱不释手。工友们都惊叹马原才是一台活机器，是任何机器都比不上的。机器离开马原出不了活儿，马原离开机器照样出一手好活儿。

马原一听工友的夸赞就咧开嘴开心地大笑起来，嘴角向上翘动着。这时才让人感到马原是个大活人，而不是一台地道的机器。

在车间，马原是个埋头苦干的老实人，别人都不愿上夜班熬夜儿，马原都揽到身上，天天上夜班。马原说夜班出活儿人也定，只要站在车床边，心就和车床绑在一块儿，活就干得顺当，活儿也出挑。马原替工友们上了好多年的夜班，上得和妻子黄梅的关系越来越糟糕。马原还是不管不顾地上夜班。

黄梅不愿马原上夜班，吵也吵够了闹也闹僵了，马原就是一根筋拗到底，黄梅拿他没一点辙，只好和他颠倒着过日子。黄梅一直上白班，她和马原在一起最多的时间不是睡在床上，而是在客厅或厨房里，两人在一起好好做顿饭吃也是件不多见的事儿。早晚黄梅和马原见上个把小时打个照面就分开了，上班的上班睡觉的睡觉。

有时，马原上班累得很，一回家就倒在床上呼呼大睡。黄梅孤零零地站在客厅，盯着白得发黄的墙壁喊，马原，我走了，马原，我上班了，马原，你在家好好歇着……马原扯开一阵阵呼噜，黄梅立在客厅里，天猛地黑透了，眼前漆黑一团，白天咋变成黑夜？夜深得很浓得很，浸湿了黄梅的身心。过了好一阵子，黄梅被窗外嘈杂的声音惊醒，她使劲揉着双眼，眼前又变回亮堂堂的白天。黄梅偷偷笑了，她怎么会把白天当成黑夜？就像对痛苦和快乐的感觉，难道她也会在心中把它们弄颠倒？

马原，我上班了。饭在锅里热着，你记得起床吃……黄梅大声地说，用力踩着步子出了门。

马原早把白天当成黑夜，黑夜过成白天，马原就这么乐呵呵颠倒黑白地过日子。夜来了，马原身心一下子醒觉了，对黑夜隐隐生出渴望，黑夜，这才是他劳作的白天，他想立马站在操作台上，干那些永远也干不完的活儿。

马原铁塔般立在客厅，望着窗外的灯火喊，黄梅，我走了，黄梅，我上班了……

黄梅睡了，像只猫睡得无声无息。

黄梅……马原知足地叫了声，又望了望窗外，窗外漆黑一片，马原看到白昼的亮光，浑身一下子来了使不完的力气，这种力气到了车床边，就变成一件件精致的活儿。

黄梅，走了噢……马原轻轻叫了声，他轻轻带上门，奔向他的车床边。

马原失业了。干了二十多年活的马原失去干活的地方。马原的厂子经营不善破产倒闭了，厂子被外地老板收购了，外地老板又把厂子高价转手，厂子落在房地产开发商手里，房地产开发商要的是地皮，而不是破烂的厂房和老旧的机器还有混口饭吃的工人。

失业的马原待在家成了闲人，他对一切都恐慌得很，他把日子过得跟别人一模一样了，也跟黄梅一模一样，白天是白天，黑夜是黑夜。他

和黄梅像隔着一垛高墙，这垛高墙把他和妻子隔成两个不同的世界。马原闯不进妻子的世界，妻子也过不到他的世界。

黄梅去上班了，马原在家倒头大睡，黄梅上床睡觉了，马原身心一下子通明了，浑身来了使不完的劲，他将家中灯全打开了，屋里顿时灯火通明，如同白昼，马原痴呆呆站在灯光下，他好像站在车床边干他的活儿……

黄梅时不时从床上坐起来，瞅着灯光下痴呆呆的男人，时不时喊一声：马原，睡吧。

马原呆呆站在灯光下，好像在干他的活儿……

马原，睡吧。都干了大半辈子的活，怎么天天晚上还想着干活……

马原，我和你好好睡一觉，一觉睡到大天亮……

马原不理不睬的，痴痴地站在灯光下，一心干他的活儿……

黄梅不知拿什么来拯救自己的男人——马原以前是在夜晚干活，现在没活干了他怎么也像是在干活儿。

白天，马原就进入睡眠状态，像个婴儿睡得很熟很沉，睡得让黄梅心疼。晚上，马原就醒觉了，他痴呆呆站在灯光下，好像站在车床边干他的活儿……

黄梅想了许多法子，马原自己也想了不少法子，马原就是无法把白天和黑夜颠倒过来，把白天变成黑夜，黑夜过成白天。

一到夜晚，马原睡醒了，浑身来了使不完的劲，站在灯光下，好像在车床边干他的活儿……

黄梅仍时不时从床上坐起来，瞅着灯光下痴呆呆的男人，时不时喊一声：马原，睡吧。

……

黄梅伤心透了，不知该怎么来拯救自己的男人。

路过一家废旧物收购站时，黄梅看见一台老板刚收上来的老旧车床，黄梅心一动，上前花高价从老板手上买下这台旧车床。黄梅兴冲冲回到家，让马原把这台车床改成一张睡床。

马原明白黄梅的意思，眼里一下子涌出泪水。

黄梅和马原一块儿动手，把车床分解开来，又焊接成一张睡床。黄

梅和马原把铁床安放在卧室里，不安地一起等着黑夜来临。

夜来了，黄梅拉着马原的手，一块儿爬到铁床上，黄梅轻轻唱起来，马原，睡吧，我要和你好好睡一觉，一觉睡到大天亮……

在那张铁床上，马原很快睡熟了，扯起一阵阵呼噜声，像个婴儿睡得很熟很甜……

画儿

谷阿姨来时，桐木是到村口迎的。桐木见过谷阿姨，不过是在梦里，还不止一次呢。醒过来桐木恨自己惊了梦。谷阿姨是桐木的恩人，用妈妈的话说桐木遇上了一个菩萨心肠的好心人。

前年桐木辍学在家，侍候瘫痪在床的爸爸。爸爸在采石场上挨石头砸伤了腰，没钱治病，等到后来凑够了钱去医院什么都晚了。有一天村小的王老师突然上门，让桐木还去上学，说有个城里的好心人愿意资助桐木，她会一直资助桐木上完大学。这个城里的好心人就是谷阿姨。

桐木又回到了向往已久的教室。

小学阶段谷阿姨每学期资助六百元，桐木明年就上初中了，谷阿姨在信中说桐木上初中后，她每学期资助一千元……有了谷阿姨的资助，桐木可以放心把书一直读下去。

后来，桐木去镇上抓药，路过一家地摊，在一张画前停下来，这画上的阿姨很像梦里的谷阿姨。桐木将兜里的零钱掏尽了，才换回了那张画。桐木将画张贴在床头，每天她都感激地看着谷阿姨，和谷阿姨说说话。

得知谷阿姨要来村里，桐木心中一亮，她背着破书包早早地去村口等谷阿姨。桐木还把这两年的成绩单和奖状也一起装进了书包。给谷阿姨看，她一点没辜负谷阿姨的好心。

谷阿姨来了，跟画上的人一样，桐木一眼认出了她，她心里的欢喜一下子蹦了出来，她叫了声谷阿姨，我是桐木。桐木就低下了头，许多想说的话一时出不来。心里一急，桐木就忘了词了。谷阿姨认真看了看她，才问是桐木吧。

桐木使劲点着头，她伸出手去拉谷阿姨的手，谷阿姨的手指像香葱似的，在桐木面前香气弥漫，桐木一下子着迷了。

谷阿姨不看桐木，香葱似的手从身边的一只旅行袋一个劲地往外掏，掏出了许多花花绿绿的新衣服、玩具和一只书包。

在村口谷阿姨就让桐木穿上这些衣服，谷阿姨说这衣服是她女儿陶陶的，穿了一次就不愿穿了，这么好的衣服扔掉实在太可惜了，她就琢磨着给桐木送来了。

桐木犹豫了一下，眼里罩了一层雾气，但还是一件件穿给谷阿姨看。

谷阿姨眼里有了喜悦，拿出了一个精巧的照相机，给桐木照了许多张相片。

往村子里走时，谷阿姨突然把桐木换下的缀满补丁的旧衣服扔进了小河里，那衣服在水里慢悠悠地打着转转，最后沉进了桐木的心底。

桐木心一紧，接着又是一疼。

谷阿姨见了桐木的父母，在村里转了一圈，照了许多相片，就回镇上的宾馆去了。临回镇上前，谷阿姨悄悄地对桐木说，明天她还来村子，让桐木穿上那些破破烂烂的衣服，像平常一样去地里干活……她再拍些照片，让这些照片成为教育陶陶的教材。见桐木一言不发，谷阿姨从包里捏出一张崭新的百元大钞，算是付给桐木的工资。

桐木红着脸将钱塞回谷阿姨手里，一转身跑回村里。

第二天，谷阿姨又来到村里，要给桐木照相，却怎么也找不到桐木。

桐木不见了踪影。

桐木的妈妈找遍了村子都没寻到桐木。

谷阿姨带着遗憾离开了村子。

天黑透了，桐木才悄悄地回到家中。

妈妈生气地问桐木去了哪里，为什么不给谷阿姨照相？

桐木默不作声。其实桐木站在村口山上的树林里，看着谷阿姨失望地离开的。

妈妈恶狠狠地打了桐木一顿。

桐木咬着牙一声不吭，什么话也没说。

第二天，桐木再也不肯去上学，死活不肯。父母和老师怎么劝也说不动桐木。桐木突然变得沉默寡言，像个哑巴。

没有人知道桐木不肯去上学读书的原因。

桐木的妈妈有一天突然发现桐木床头的那张画儿不见了，成了一地的碎片。

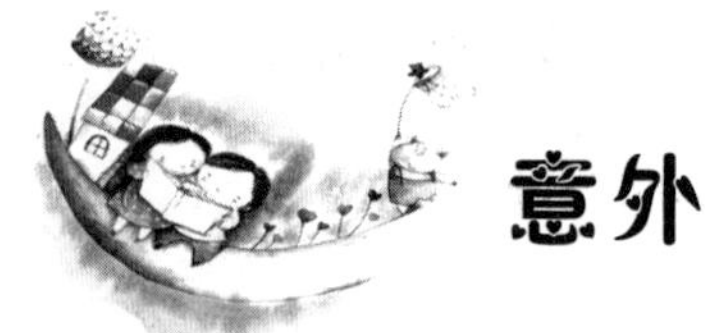

意外

那时，吴小美是我同班同学，从小学到初中，有好几年还同过桌。吴小美长得特整齐漂亮，十里八乡的人都说吴家飞出了一只凤凰。吴小美的父母长相普通，人也老实，偏偏鼓捣出这么一个女儿。吴小美的漂亮不是一般的漂亮，是那种震撼人心的美。眼睛鼻子嘴巴那样落在吴小美的脸上都恰到好处，让吴小美的一张脸格外生动美丽。吴小美的身段也棒，还有走路的姿势，举手投足，都给人一种美的享受。

吴小美还是个高一学生，上初中时吴小美就格外光彩夺目。那时，班上的男生都在心里想着和吴小美谈恋爱，但谁都不敢有实际行动。吴小美实在太美了，吴小美的美是属于全班同学的，哪个敢单干就会成为全班男生的公敌。那些社会上的小青年就不同了，我们的高中在一个小镇上，吴小美一出校门，常被一些男青年追着要和她处朋友。吴小美很害怕，一般很少出校门，要出门时也是三五个同学结伴而行。

吴小美和我还有女同学曹青霞同一个村子，三家隔得还不太远。上初中高中，我们一星期回一趟家，我和曹青霞一起结伴上学回家，吴小美则由她爸接送。吴小美父母对女儿看管得紧。曹青霞父母身体不好，家里穷得叮当响，勉强供着她上学。但曹青霞读书很用功，成绩也好，一直在年级排名前五。曹青霞埋头读书，沉默寡言，和吴小美处得很一般，她常和我一起结伴上学回家。我和曹青霞的成绩不相上下。

那天晚自习，一个长发男青年突然从侧门冲进教室，冲到曹青霞身后，一只手从后面扼住她的脖子，一只手攥着一把闪光的刀子，颤动的刀尖对着曹青霞。长发男青年声嘶力竭地喊，吴小美，我喜欢你，吴小美，我要和你谈恋爱。吴小美，你不答应我，我就杀了你……

眼前这阵势把同学们吓傻了。大家张大嘴巴，傻劲儿望着长发男青年和曹青霞。曹青霞咋招惹这个长发男青年了。

不对，长发男青年分明是冲着吴小美来的，可他却错把曹青霞当成吴小美。曹青霞和吴小美都梳着马尾辫，从身后看俩人还真分不出彼此。

小美，我爱你，除了你，我心里再也放不下别人……长发男青年近乎哀求地说道。

吴小美傻呆呆地，一动不动。

我只两下就跳到吴小美身边，把吴小美护在身后，两只手抓着课桌边儿，我冲长发男青年喊，你弄错了人，你抓的不是吴小美，吴小美在我这边。

长发男青年一下子傻呆呆的，他看着吴小美和我，一时不知所措。

吴小美紧贴在我身上，我感到吴小美身体的颤动。

咣当一声，刀子从长发男青年手上跌落在地上，他扼住曹青霞脖子的手也垂落下来。

见有机可乘，我猛地冲上去，用双手攥住长发男青年，旁边的男生也一拥而上，将他捆住了，长发男青年很快被镇派出所的警察带走了。

事后，曹青霞和吴小美一下子成了全校的焦点。曹青霞受了惊吓，人似乎还沉浸在那天的恐惧中。吴小美想想感到后怕，如果那天对方不是弄错了人，事情会发展到哪步谁也说不准。她从未招惹这长发男青年，对方咋无缘无故地冲进学校来呢。她长得漂亮又有什么错，吴小美心里特委屈。

谁也没想到，曹青霞的成绩直线往下掉，一直落到班上二十几名，掉下来后成绩老上不去。师生们都替曹青霞感到惋惜，曹青霞原先的成绩是可以上重点大学的。

吴小美的成绩却上来了，吴小美变得十分用功，有不懂的地方就主动问我。一开始大家想不明白，后来也就想通了，这吴小美是想通过读书离开这个小地方。

高三开学时，曹青霞就再也没来上学，听我父母说，辍学不久曹青霞就嫁人了，嫁给邻村村支书的独子。那家给了曹青霞父母一大笔彩礼。

师生们都替曹青霞感到可惜，如果没有那起意外，曹青霞一定会考

上大学，她的人生就会是另一番景象。

高考分数出来后，我和吴小美都上了重点线，并且还被同一所大学录取了。暑假结束后我和吴小美一起结伴踏上新的人生征途，在那奔驰的列车上，不知为何，我眼前老是不停地晃动着曹青霞的身影。

大学毕业后不久我结婚生子，有了一个幸福的家庭，我的妻子吴小美常幸福地对我说，高一那次意外，当我把她挡在自己身后那一刻，她就深深地爱上我，我是她生命中唯一的救星。

这十年里，我面前老是晃动着曹青霞的身影。她活得好吗？

那年春节，我和小美带着儿子回家过年，我决定和小美一起去看曹青霞。小美犹豫了一下，还是同意了。

在曹青霞家破败的屋前，我们见到了她。曹青霞男人不成器，吃喝嫖赌样样拿手，曹青霞三十不到的人却像一棵枯树，她迷茫地望着我们说，谢谢你们来看我……

我心里泛起无尽的酸楚。

小美泪水涟涟地说，青霞，真对不起……

曹青霞突然捋了捋被风吹乱的头发，挺了挺身子笑了笑说，当年只是个意外……

是呀，当年要是没有那个意外，我们人生的轨道肯定和今天大不相同。

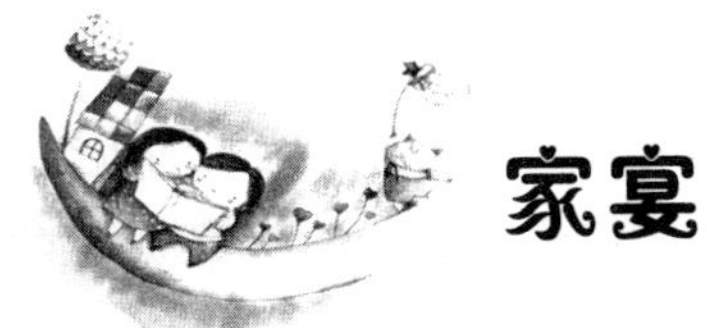

家宴

腊月里，我携妻带子回家过年。

儿子是第一次见他的奶奶，母亲是第一次见她的孙子。我远远地叫了声妈，母亲搂着孙子亲了又亲，不舍得放下。然后，母亲抹了抹眼泪，和妻子说话。

我多年漂泊异乡，后在一个南方的小城定居下来，这买房、孩子上学都是一笔笔不小的开支，日子过得跟车轮上的链条一样紧巴巴的。回老家一看，乡亲们大多裹着一身名牌，珠光宝气的。只有父母这一辈的人倒还是一身简朴打扮。十二三岁的侄儿建仁更是一身名牌，我估摸着这身着装不下两千来元。倒是我的儿子衣着朴素，显得寒碜得很。

吃饭时，母亲最后从厨房里笑呵呵地出来了，手里托着两大盘菜——泥鳅钻豆腐，香味飘过来，跟萦绕在记忆里的香味一模一样。

泥鳅钻豆腐是母亲的拿手菜，母亲一年也做不上两三回，好不容易做上一回，那味道在我们心中越煮越馋。

母亲把其中一盘搁在妻子和儿子的面前，另一盘搁在我的面前。我将它转移到了父亲的面前。

弟弟说，妈知道了哥要回家过年，谁也拦不住，三九天挽起裤腿赤脚下到水田里，在田后沟里掏泥鳅，翻遍了不知多少条田后沟，才掏得了三两斤泥鳅。母亲用清水养着，一天换两次水，就这样养了十多天，将泥鳅的泥腥味浸泡得一干二净。

我心里一热，问，妈冻伤了脚没有？这泥鳅我怎么能咽得下！

母亲说，一点事都没有，我这脚再冷的天也受得了，你都多少年没吃上……

这些年山珍海味也吃过一些，但在我心里，就是比不上母亲做的这道菜。

儿子喜形于色，说，奶奶，爸爸常对我和妈妈说奶奶做的这道菜好吃，能让人记一辈子。

母亲笑吟吟地说，文文，多吃些。奶奶明天还给你做。

谁也没想到，侄儿建仁突然起身将文文面前的那盘泥鳅钻豆腐抢到了他的面前。

一桌的人都愣了。母亲笑呵呵地说，建仁，文文是第一次回老家，还没尝过奶奶做的泥鳅豆腐……

建仁当仁不让地说，奶奶，我也是你的孙子，你偏袒文文……

父亲也说，建仁，你是哥哥，就该让着文文。

弟弟的脸色变得很难堪，扬起的巴掌落在了建仁身上。

建仁哭喊着，跳着叫我不活了之类的话。

弟弟又扬起了巴掌。

我忙拦住弟弟。弟弟失望地叹了口气说，建仁打小娇生惯养，现在成了这个样子。

父亲和母亲一起去安抚建仁去了。

这时，谁也没有动筷，我和弟弟闲扯着一些乡村的事。

平息了建仁的哭闹，父母亲才一起回到餐桌上。

儿子说，爷爷奶奶，你们吃，菜快凉了。

母亲便夸文文懂事。

建仁回到了餐桌上，仍霸占着那盘菜。这时再也没人去招惹他了。

父亲一个劲地给文文夹菜。儿子细心地尝了一口豆腐，说奶奶做的这道菜真好吃，也让我记上一辈子。

我说，奶奶为了做这道菜，三九天赤脚下到水田里掏泥鳅，差点冻伤了脚。

文文认真地看着母亲说，奶奶，以后可不许再这样了，您要是冻坏了脚，这泥鳅再好吃我和爸爸也吃不出味道。文文站起身，给爷爷奶奶夹菜，说爷爷奶奶，你们也吃呀。

大家都很感慨。弟弟有些羡慕地看了看我。

母亲有些感动，似乎第一次享受到来自孙辈的孝敬。

弟弟说，文文这孩子，跟当年的我们一样。弟弟似乎在文文身上找到了当年我们的影子。

母亲说，那时家里穷，田里泥鳅多，可一年买不上几回豆腐，一个冬天只能做上两三回。

奶奶，我知道，那时好不容易做上一回泥鳅钻豆腐，谁也不舍得吃，你让我我让你，一盘泥鳅豆腐竟吃上好几餐……

母亲的眼里已涌出了泪花。一家人都沉浸在往事里。

大伯和爸爸真是大傻帽儿，这么好吃的东西还让什么，一年又能吃上几回。建仁突然丢来了一句。

一桌子人都给惊呆了。

弟弟的脸都气绿了，又突地扬起了巴掌。

这回我及时拦住弟弟，说建仁这孩子，平时要多让他明白生活的道理。

母亲的那道拿手菜，这回我竟没有去尝上一口，时过境迁，恐怕再也寻不到当年的味道了，倒是有一股苦涩无端地涌上心头。

捡宝

村里人心里像系了吊桶，都在七上八下地猜测：家贵咋发家了？瞧他老伴手上那对金灿灿的大戒指，麦芒般挑疼了人的眼睛。

家贵的日子一直过得磕碰紧巴，三个儿子成家把最后一点家底榨干了，这两年日子才松些。现今哪有闲钱摆谱儿。莫非有横财砸到家贵的头上？

村人发现，家贵的手上忽然也晃着一对亮灿灿的大戒指。

水塘边，村民田桂文死盯着家贵的手说，家贵，这么大个头的戒指我还是头一遭见到，现今金子贵，没有七八千买不到手吧！

一文没花，捡来的，也不知是不是真金？家贵知道这事瞒不住，索性敞开说。

捡的？田桂文惊呼道，真是金子的，跟我儿媳妇手上的戒指一个成色。咋捡的？

家贵也惊了，说不会是真金的吧？我一家伙捡了六十多个。

那天大清早，家贵路过村北的野地，高速公路正修过来，坡地被剖开了膛。忽然泥土里射出的一缕光刺疼他的眼，他好奇地过去踢了两脚，从泥土中蹦出一只泛着金光的大戒指。家贵蹲下去扒了扒泥土，又一只闪着光的大戒指跳入眼里。他索性往下一刨，竟刨出一只坛子，里面竟是满满当当的戒指。

田桂文双眼放出光来，说家贵，你发大了，那一片全是古坟，不知是哪朝哪代的。家贵，你这后半生不用下地干活了。

田桂文拍拍屁股急吼吼地走了。

村人闻风而动，都涌到村北那片野地挖宝。有人还寻到家贵家里，细细地问家贵捡宝的经过。

那片野地被挖翻了天，大家却只挖出一些破碎的陶片。宝都去了哪儿？穷了一辈子的家贵咋会撞上这种大运？

村里乱哄哄的，急红了眼挖不到宝的村人就用难堪的目光挖翻了家贵。家贵心头惶惶的，走到哪都绕不开那纠缠人的目光。村里的房舍、树木、菜园屯子、田地咋统统都变了样，让家贵感觉恍若隔世。

都穷了一辈子，我咋会撞上这种大运？家贵也有些想不通。

家贵正发呆时，村里老人山坡颤巍巍上门了。

家贵看见山坡，心头一松。山坡一向处事公正，在村里德高望重。当生产队长时，山坡没少照顾接济家中常断粮的家贵。家贵咧了咧嘴，山坡老人摆了摆手，说家贵，那些陈芝麻烂谷子，都别提了。

家贵脸上现出羞愧的神色，说，家贵不是忘恩的人。

山坡猛咳了一阵，喘着气说，不提了，家贵，听说你捡到宝了？

家贵一五一十说了。

山坡又咳了几声，说，家贵，你是实在人，你琢磨琢磨，这几十个金戒指露头了，村里不闹翻天才怪呢。

家贵脸有愧色，问，那我该咋办？

山坡摇了摇头，说，两个字：人和。家贵啊，这村里虽不是一个姓，但也藤缠着藤，根连着根。

家贵懵懂地点了点头。

山坡起身走时，家贵忽然从屋里捧出几个大戒指，塞到山坡手心里。

山坡咳了几声，把戒指轻轻放在桌上，说家贵，叔七老八十了，说不定哪天就蹬腿了，这宝贝搁身上不让叔心累嘛。

山坡老人一走，几天里竟招来好些村人。

远房堂兄家民上门了。家民和家贵唠叨着一些闲话，家贵有一搭没一搭地接着话。家民忽然瞥了家贵一眼，家贵一颤，以为家民要问捡宝的事。家民却慢吞吞地回味起当年国中闹病的事。

家贵脸腾地红了。二儿子国中当年肚子疼，村里的医生诊不出啥毛病，可国中却疼得在地上打滚，家民说动家贵连夜抬着国中摸了七八十里山路在天亮时赶到县城。县医院医生说是急性阑尾炎，要是晚送一两个时辰造成肠胃穿孔，人就没救了。

后来家贵一家都把家民看作国中的救命恩人。

一晃眼二十多年，国中的儿子早在地上跑了。家民咂了咂嘴说。

家贵去里屋拿了一个戒指塞到家民的手心说，哥，这个戒指给嫂子的。

家民谦让两句。家贵忙说，我也是捡来的，不花一文钱，再说国中的命当年都是哥搭救的。

家民起身走了。

家贵盯着家民的身影发呆。

堂弟家全来了。家全也是国中的救命恩人。当年家全和家民抬着国中用两条腿在山路上颠簸了七八个小时，把国中送到医院，家全和家民也累趴下了。

家贵送出第二只戒指。

胡锦锋来串门。当年国中住院的钱全是胡锦锋借的。这可是国中的救命钱。家贵拖了好几年才还清，胡锦锋连一分利息也没收。

家贵拿出第三只戒指。

孙亮的媳妇桂枝来了。老大国政老二国中的媳妇都是桂枝做红媒的，桂枝为两人的亲事上上下下跑断了腿。

家贵送出第四只戒指。

黄欣闻串门来了。

家贵送出第五只戒指。

……

家贵送出第二十五只戒指时，县文管所的人闯上门，他们来做家贵和老伴的工作，说古坟区出土的戒指是文物，让他们把文物上缴国家。

家贵和老伴一商量，索性把剩下的戒指全上交了。家贵呼出长长的一口气，突然感到身子一下子松爽了。

后来，他常闲坐在家门口，呆呆地看着变了模样的村庄，家贵觉得像是做了场荒唐的白日梦。

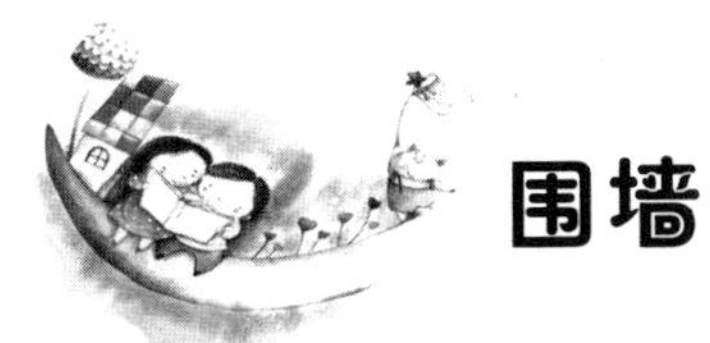

围墙

1

高耸的中西式结合的围墙，典雅的藏青色墙瓦、粉红的墙身……漂亮的围墙像面镜子，映照着周围的一切，让周围的居民楼矮上几分。

围墙圈起的是一栋四层别墅，别墅也是中西式结合体，下面是四方体，上面却顶了个塔状的建筑。门前有大柱子，庭前白色的回廊花架上，正攀爬着艳丽的花。庭院里绿树成荫，有花圃、亭榭……一派幽然的风景。围墙关住了院子里的风景，还有人。

2

多多是个五六岁的小男孩，他随打工的父母刚来城里不久，他的家在怎么也望不到边的遥远的乡下，那里只有低矮的房子和土墙。多多一来城里就迷上了这垛围墙和墙内的风景。可院门成天紧闭着，多多常踮高了脚，透过气派非凡的院门的栅栏看着院内的风景，庭院里有红的黄的紫的许多不知名的花。

院门很少开启，别墅的主人一家乘一辆黑色小车进出。别墅里有一个和多多差不多大的小女孩，多多看见过她蹦蹦跳跳的身影，听见过她的笑声……

3

多多干了件坏事，叫别墅矮个的男主人给抓了个现行。多多在漂亮的围墙上抹了许多泥巴，把围墙弄脏了。矮个男人把多多交到了多多爸爸手上。爸爸当场将多多狠狠揍了一顿，对矮个男人赔着小心，说了一大箩筐好话。爸爸还赔了矮个男人的损失——五百元，矮个男人拿了钱才气咻咻地走了。临走时，矮个男人还扔下一句话：真是个乡下巴子！

那句话刺疼了爸爸。

一连几天，爸爸都在嫌弃多多。妈妈也嫌弃多多。妈妈是着实心疼那五百元。

4

几天后，多多又使坏了，又在墙上抹了泥巴，这回比上回的还多。男人一看见墙上的泥巴就知道又是乡下巴子干的，气势汹汹地杀上门来。

在矮个男人面前，个头高高的爸爸陡地矮了大半截，他气急败坏地将多多又是一顿狠揍，还让多多保证以后不再干坏事。爸爸对矮个男人赔着十二分小心，又搭上了几大箩筐好话。

妈妈承诺尽快将墙上的泥巴擦拭干净，爸爸赔了八百元，矮个男人才气呼呼地走了。矮个男人临走时又扔下一句话：乡下巴子，想玩泥巴滚回乡下去，别在城里丢人！

事后，爸爸又揍了多多一顿，让多多保证下次不再干坏事。

爸爸的脸冷了好几天，妈妈心疼了好几天。她对多多说，那八百元我和你爸要累死累活干上半个月才攒得下。

5

没过几天，爸爸妈妈的脸色还没暖过来，多多又再次使坏了，将泥巴糊上围墙了。

这回，爸爸后悔将多多捎进了城里。他终于发现进城后多多水土不服，不仅爱惹祸，性情也大变了，以前在乡下活蹦乱跳的，现在常一个人发呆。

爸爸立马决定由妈妈将多多送回老家去，让多多继续待在奶奶身边。

6

妈妈拉着多多赶车去车站，在经过那栋别墅门前时，多多忧郁地朝院内望了好几眼，多多想问妈妈：他好几次给围墙糊上泥巴后，这围墙咋就变不成老家那些个用泥巴筑成的土墙?

老家的泥巴墙里，院里的小女孩天天像小鸟一样飞出来，墙外的孩子也小鸟一样扑扑地落进院子里。

见多多还在朝院内张望，妈妈心一紧，忙扯着多多加快了步子。

7

多多终于走了，不再惹祸了。爸爸终于松了口气，叹息道，多多这孩子，咋把泥巴搬进了城里，这城里处处是钢筋混凝土，咋会让泥巴上墙呢。

谁是救命恩人

树上知了的叫声一阵紧过一阵；风不知都跑到哪里去了，不见一点踪影。石子仰头看天，天白得耀眼，树梢纹丝不动，树叶无精打采的；阳光边上的大多被烤蔫了，失了颜色；倒是藏在浓荫深处的树叶精神着呢！

做一片树叶有多好呵！

石子猴子似的蹿上了树，藏到了树叶深处。石子发现待在树上却很难受，他发现自己怎么也做不成一片树叶。

石子溜下地来。

路两边的杂草早衰了，耷拉着头，东倒西歪着，一点儿也不经事的样子。

石子的头上在滋滋地冒着汗，他蹲下身子，将一棵叫不出名字的草木从地上牵了起来，手刚一松开，那草木就又很不像话地塌下了身子。

村口一棵老柳树下闲散着不少人，大多是上了年纪的老人。

池塘边有几棵不大不小的垂柳，树荫深处立有纳凉的人。水边真是阴凉的好地方。石子一直喜欢水，可算命先生却说他命中犯水，一定要小心避水。父母从不让石子下水游泳。乘着父母午睡，石子偷偷地从家中溜了出来。

一群小伙伴在水中花样百出地嬉戏着，他们向石子叫喊着，摇着手，让石子快点下水。

池塘里的水清澈得袭人，在人心中兴起一阵阵凉意。水中的清凉世界在引诱着石子。

头顶上烈日当空，石子咽了一口口水，抬头望了望村庄，又望了望

偌大的池塘。

几只鸭子在水中畅游。

石子飞快地脱下衣裤，扑腾到水里。

水泛起一阵阵凉爽。

石子眯上了眼睛，在水中慢腾腾地移动着身子。

突然，石子一脚踩空，整个身子直直地往下沉。石子落进了一个偌大的深水坑里。水坑是干旱之年人们掘下的用来饮水的深井。

石子连呛了几口水，憋得难受，他拼命地在水面窜，慌乱地挣扎着。突然他像坠入了一个无底的深渊，一个劲地往下沉。蹿出水面时，石子突然看见岸上树荫深处的一个大人正看着他，石子心想这下自己有救了。这个大人叫吴昌安，是村头吴晓贵家的老二。见到有人落水，吴家老二一定会飞身过来救人的。石子怀着生的希望拼命地扑腾着。再次蹿出水面时，石子发现吴家老二丝毫没有冲下来救人的意思，正冲着自己怪模怪样地阴笑着。那笑像一把尖刀将石子系在吴家老二身上希望的绳索一下子割断了。吴晓贵家的老二像看猴子耍杂戏似的，越看越开心。石子无疑就是吴家老二眼中一只在水中表演的猴子。吴家老二的笑像一把尖刀同时扎进了石子的身体，受伤的石子仿佛给自己找到了救命的稻草：我不能死，一定不能在吴家老二这种人面前被淹死。要死也不能死在吴家老二这种人面前。我一定要活下来。活给吴家老二看看。

石子突然无比镇静，丢开了刚才的惊恐。他发誓不做吴家老二眼中的一只猴子，刹那间他全身不知从哪迸发出一种顽强的求生力量。他一次次没入了水里，又一次次拼命窜出了水面。他不能死，石子想看一看吴家老二这张灿烂如花的笑脸能不能笑到永远。

直到一个伙伴明子从不远处扑过来，把石子推到了浅水里。石子才知自己获救了，性命差点犯在水里。石子呆呆地看着岸上树荫深处的吴家老二，他看到吴家老二的脸僵住了。吴家老二的目光羞愧不安地闪开了。

我还活着。我没有淹死在吴家老二这种人面前。石子突然间有种想唱支歌的冲动。

石子发现，岸上树荫深处空无一人，吴家老二不知何时悄悄地走了。

石子一时呆坐在岸上，懵懵懂懂地，头顶上的烈日炙烤着。想着吴家老二那张灿烂如花的笑脸，石子汗水淋漓，浑身却情不自禁地打着冷战。

回到家，父亲不知从哪得来的消息，当着村里人的面不由分说地将石子打了一顿，并要石子保证从此不再下水。石子咬紧牙关就是一声不吭。父亲最终泄气了，只好问石子是谁救了他。

父亲要感谢儿子的救命恩人。

村头吴晓贵家的老二。石子想也没想就脱口而出。

怎么是吴家老二救了你？可我听说是蒋家的明子救了你！父亲认为儿子还在说谎话，又是将儿子一顿好打。

围着的村人一边劝解石子的父亲一边安慰说，这孩子吓得犯晕了，是蒋家的明子救的，一点没错。

父亲又发狠地问：快老实说，到底是谁救你的？

明子。石子木讷地说。

救命恩人到底是明子还是吴家老二？石子自己最终也说不清了。

后来，石子做梦也没想到，就是这个吴家老二不久倒成了英雄，他在救人时被歹徒用刀子捅死在大街上。村里人提起吴家老二至今赞叹不已。

多年后，大学毕业在外地工作的石子回乡后，站在当年落水的池塘边，石子仍仿佛感到吴家老二要他守住当年那个秘密。

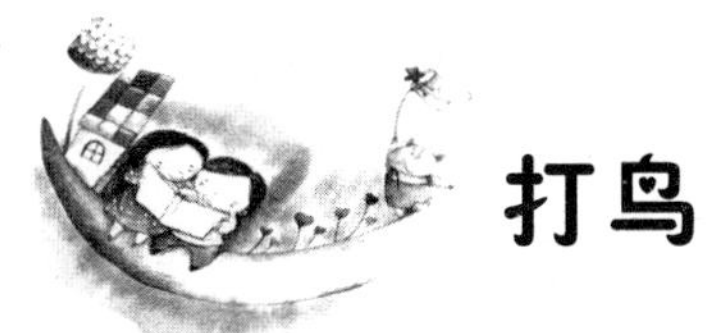

打鸟

那年，一位相识多年的朋友邀我去桂北一处人迹罕至的偏僻山区采风。在城里待得太久了，我也想借机出去活动一下筋骨，就爽快地应约了。临行前，朋友嘱咐我，那些山区不比城里，不仅生活方式是原始落后的，其脑子也是原始的。我郑重地点了点头，入乡随俗嘛，表示自己做好了回到原始状态的思想准备。

真正深入山里之后，我才发现自己一时入了乡却随不了俗。

这天夜里，我们一身夜行装束，做了回夜行人，各自提着一支鸟铳跟随山民们行动——去山上打鸟。

朋友像中了头彩一样兴奋，觉得来得正是时候才赶上了这样打鸟的好机会。我却一点提不起精神，一下子蔫里吧唧的。

山民们有百十号人，有男有女，男女老少一个个都拿着鸟铳，听一个叫山根的老人发号施令。这支打鸟的队伍像是训练有素久经沙场的一支队伍，谁排在谁的后面好像私下里约定好似的，他们整齐划一，穿着自制的布鞋，上起山来悄无声息。

山村的夜纯净而空明，在朦胧的光影中，四周是影影绰绰的夜色。

朋友事前悄悄地对我说，山民们打鸟有很多忌讳的，还是那句话，入乡随俗嘛。

入乡随俗，我像山民们一样一言不发。我一边对付着脚下的山路，一边偷望前前后后的人，山民默然无声，看不清他们的表情。虽混杂在打鸟的队伍里，但我感到自己却是一个真正的外人，怎么也融不进这支队伍里，心上一时竟生了些许陌生与隔阂。

每年的冬至前后，北归的候鸟都会成群结队地打这片山区经过，万

圣峰海拔1800多米，是许多候鸟的必经之途。打鸟的队伍就潜伏在万圣峰下的一处高坡上，这时，那些从北方迁徙来的候鸟，在经过万水千山艰辛的长途跋涉后，它们闯过了万圣峰就开始进入了温暖的南方。

夜黑风高，当一大群黑压压的鸟闯过了万圣山，飞过我们头顶时，山根老人便对着深不可测的夜空猛地举起了鸟铳，刹那间百十号黑压压的枪口一起举向了天空，一齐放响了手中的鸟铳。

轰——轰——

百十号鸟铳发出一声震天动地的声响。

那些鸟在高空中陡地发出凄厉的叫声，紧接着不少鸟如黑点般从天空笔直直地坠落下来，一直坠落在我们的面前。

有的鸟在空中挣扎着飞了几下才在不远处坠落下来。还有一些鸟惊慌失措地逃走了，一路哀鸣着没入了遥远的夜空。

此时的黑夜仿佛成了这些鸟的坟墓，也是它们逃难的最好掩体。

鸟群过后，山上一片狼藉。山民一个个埋头拾鸟。

我拾起一只又一只，发现落在地上的鸟早已没了气息，但身子一个个还是温热的。

我琢磨着，那百十只鸟铳一齐举向黑暗的夜空，放出一声震天撼地的声音，显然那些高空中飞行的鸟并未被这些简陋的鸟铳击中。

但鸟却是在高空中突然死亡的。既然这些鸟并未被鸟铳击中，咋会在高空中突然死去呢？

我捧着一只鸟的身体，突然明白了眼前的景象是怎么一回事时，我简直惊呆了。这只鸟与其说是被鸟铳杀死的，不如说是被自己吓死的。泪水在我的脸上凝成了霜，冬夜里有刺骨的寒意正一点点地侵袭着我的身子。鸟最终死于自己之手，而人呢？鸟的死亡，又何尝不是一场人的葬礼。

这真是一种残酷无比的死亡方式，也是一种最窝囊的死亡方式。一只只鸟在长途跋涉中躲过了无数猎人枪口的算计，在历尽艰辛成功地到达南方后，却被山民们用一支简陋的鸟铳给杀死了。

……

经历了那次打鸟事件后，朋友逢人便津津有味地展示起那次打鸟的经历。后来，我同他日渐疏远，也许陌生和隔阂正是那一夜在两人心中潜生的。

多年后我还一直在想，那一只只经验丰富聪明的鸟儿，在迁徙的路途上，不知躲闪过多少猎人的枪口，但最终还是没能逃脱掉人的算计。

那个打鸟的冬夜常让我不寒而栗，不过，我要告诉你，那些山民们真得很善良很纯朴，他们是我见过的最善良纯朴的山民。

雾气

那团雾气在我面前萦绕着。面对摄像机的镜头，汪局长的脸上漂浮着一团雾气，汪局长说作为龙州市教育战线的领航人，从上任的第一天起，就立下了一个目标，要让那些山村贫困家庭的孩子有书读有学上，要真正做到一个都不能少。汪局长说着脸上溢出了光彩，他说自己小时曾失过学，后来得到好心人的资助才上得起学，心中有别人植下的一片绿荫，才懂得用感恩的心回报他人。对身边这个贫困的小姑娘，要一直资助到白小雪同学上完大学……

汪局长说着从自己的口袋里掏出三张崭新的百元大钞，扣在白小雪的手心里，汪局长馒头般又白又胖的手和白小雪干枯的小手叠在了一起。白小雪闪着满眼的泪花，朝汪局长深深鞠了一躬，感激地说，谢谢汪伯伯，谢谢党和政府，让我有书读有学上……

我刚到电视台才半年，还是第一次随汪局长下乡，我用摄像机记下了眼前的一幕又一幕，那个满眼噙着泪花的小姑娘；她的父亲作为一家的顶梁柱却瘫痪在床；她的母亲身有残疾体弱多病早已丧失了劳动能力。才十一岁的白小雪过早地担起了家庭的重担，承受着本不该属于她这个年龄的负重。白小雪那骨瘦如柴的身子，那满脸上的迷茫忧伤，还有一份倔强……让人的心一直在疼。采访快结束时，我让白小雪跟观众说几句话，白小雪望了我一眼，无限感激地说，谢谢汪伯伯，谢谢党和政府，让我有书读有学上……白小雪突然泣不成声，呆呆地望着天空，天上飘着几朵云，白小雪脸上闪着一团雾气。

我心一酸，白小雪的眼泪滴在了我的心里。这个可怜而倔强的孩子。

在一个无人的角落，我掏空了身上的钱包，约有五百多元，悄悄地

塞到白小雪的手里。白小雪仿佛受到了惊吓，连退好几步，望着手上的那一沓钱，又望了望我，猛地向前几步，要将钱还给我。我摇着头，示意她别声张，悄声说，小妹妹，我知道你不肯要，这钱姐不是送而是借你的，等你日后有出息了，再还给姐还不行嘛！白小雪愣了一下，深深望了我一眼，朝我深深鞠了一躬，感激地说，谢谢庄姐姐，谢谢党和政府，让我有书读有学上……

我忍不住扑哧一声笑了，笑过后又呆了。这孩子，我又是一阵心酸。

分手时，我低声说，小妹妹，记住别亏待自己。白小雪拉了拉我的手，悄声说，庄姐，这钱日后我一定还。

我郑重地点了点头。也许给白小雪一份诺言，也就给了她一份人生的希望。

回城的路很漫长，我的眼前始终萦绕着那团雾气，它弥漫在我的心底。雾气里有两双手若隐若现，一双是汪局长又白又胖的手，一双是白小雪骨瘦如柴的小手……

看来汪局长对这趟乡下之行十分满意，在车上，汪局长彻底地放松了，将胖胖的身子凹在沙发里，微眯着双眼，一副安详的样子。

小庄，到时我给你们唐台长打个招呼，以后就专跑教育线。汪局长轻轻叩着手指，突然说。

我还是个新手，怕会让汪局长失望。我忙说。

哈哈，年轻人，谦虚一点好，日后会有进步的。汪局长打着哈哈说。

日后要是常跑教育线，倒是每年能见上白小雪一两次，这个可怜的孩子。我忙调皮地说，谢谢汪局长，谢谢党和政府……

汪局长看了我一眼，又是哈哈一笑。说，小庄说得好，我们都得谢谢党和政府……

回到龙州市已是万家灯火，小车在一家五星级宾馆门前停下，我本想立即回台赶制这条新闻，但随行的教育局办公室蒋主任拦住我说，庄记者，汪局长这趟乡下行非常成功，咱们就在这里给局长开个庆功宴。

不，这顿饭是我们请小庄记者的，小庄记者今天才是立了首功。汪局长在一旁纠正说。

我望了望踌躇满志的汪局长，看来这顿饭是非吃不可的。

席间，满桌的美味佳肴，自是少不了酒水，人头马白兰地五粮液之类的。大家一起站起来给汪局长敬酒，庆祝汪局长下乡成功。汪局长一仰脖子一口灌了下去，接着又检查每个人的杯子是不是见底。

汪局长又提议大家给我敬酒，说没有小庄记者就没有下乡的成功。汪局长说着举起杯子，一仰脖子一口灌了下去。

我有些害怕，不知是因为汪局长的酒量还是别的什么。我的眼前又开始萦绕着雾气，雾气里两双手若隐若现，一双是汪局长又白又胖的手，一双是白小雪骨瘦如柴的小手……

我也是一仰脖子一口咽了下去，口中又突地蹦出了那句话，谢谢汪局长，谢谢党和政府……

汪局长打了个哈哈说，小庄的觉悟就是高，时刻想着党和政府，大家要记住小庄的话，谢谢党和政府……

众人一起说，谢谢汪局长，谢谢党和政府……

我突然心里万般难受，说了声对不起汪局长就冲向卫生间，我一个劲地呕吐起来。

小庄，咋了？哪不舒服？汪局长高声问。

我平日见不得酒精，更别说喝酒了。谢谢汪局长，谢谢党和政府……

这小庄怕是真喝不得酒……汪局长打了个哈哈。

我的眼泪一下子涌出来，我忙对着镜子补妆，可镜子却被一团雾气朦胧着，我再看不清自己了。

有一滴眼泪滴在了我心上，成为我心底的风景。

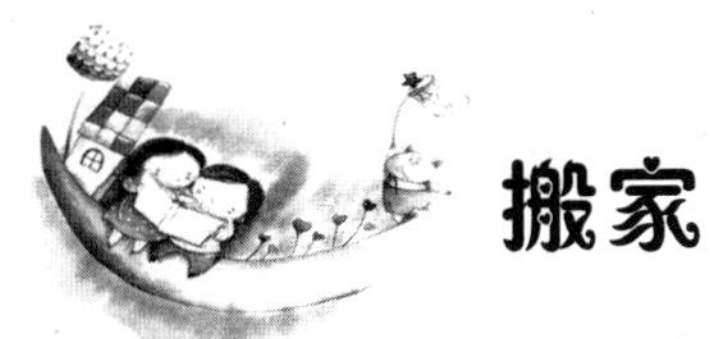

搬家

过了正月，天就一天天转暖了，大地一觉睡过了头，还不见一丝转阳的迹象。山子在心里头天天使着劲喊上几嗓子，咋使劲也喊不醒天地，九子岭还落在睡梦里头。

山子家要挪窝儿，从九子岭搬进城里。一说到新家，妈妈的两眼就放光，恨不得立马把家从九子岭搬个干净。爸妈把新家安在闹市中，一出小区的门就是龙州市最闹腾的商业中心，有龙州最高的楼，还有龙州最棒的小学初中高中……九子岭的各家得了一大笔征地和房屋补偿款，都在龙州的闹市置了家当，呼啦啦追风般把家从九子岭搬进城，剩下一座空村子。没了人气，九子岭也失了生气。

山子家挨到最后一个搬家，山子爸和拆迁办就房屋征收补偿款的数目一直谈不拢，搬家的事就拖延下来。九子岭的不少房子都被推倒了，只剩下山子家边近几栋孤零零的房子。山子爸心急，山子已是一年级学生了，现已耽误了孩子读书，好在已托人跟学校谈好了，搬家后山子就去上学。山子一点不急，他和小强常在九子岭溜达着，九子岭多好的地方，有山有水，让人一辈子也待不够。他弄不懂九子岭的人为啥要让出祖传的这么好的风水宝地，让城里人来盖厂房，糟蹋九子岭。

过了正月没几天，搬家的事突然就定了下来，日子很紧，容不得山子再多看几眼九子岭。

搬家公司的车来了又去，一趟又一趟，把山子的家搬空了。山子一个人站在院子里发呆，小强在他身边蹭过来又蹭过去，一会儿又冲搬家公司的人凶狠地叫喊着。

山子知道，小强把这些人当成入侵者，当成贼。

没人理会小强，没人在意小强的失落，就像爸妈没空理会山子。

院子里有棵大樟树，年前被山子爸卖掉了，卖了个好价。山子看着大樟树被锯掉枝枝杈杈，只剩下光秃秃的树干，最后被连根刨起，被一辆大车拉进城里。

大树坑静静地躺在院子里，山子一见大树坑就想到自己跟大樟树一样，被锯掉枝枝杈杈，只剩下光秃秃的躯干，最后被连根刨起，送进城里。山子常听大人说，树挪死，人挪活。人要挪一挪，那城里才是活人的好地方。山子弄不懂，这一眼望不到头的九子岭养活了一辈又一辈的人，还养爸妈这辈人活嘛。那大樟树呢，爸妈为啥把它给卖掉了。大樟树如今不知活在了城里那个地方。

妈妈说以后没有九子岭了，九子岭叫龙州新城，会有数不尽的高楼和厂房盖在这块地上。妈妈喜气地说咱九子岭发达了。

山子顶了句：不是没了九子岭。

这孩子。妈妈愣了下，就笑起来。

山子默默地走到树坑边，他突然感到来自身体深处的疼，源源不绝的。

最后一趟车要走了，山子还待在院子里，磨蹭着不愿上车。

院子里乱糟糟的，一辈辈人攒下的东西都用不上了，爸妈都说搬进城里也照样要当垃圾扔掉。这些老东西扔得满院子满屋子都是。

山子，快上车呀。妈妈一连催了好几遍。

山子弯下腰，抱起小强，小强在山子怀里挣扎着下地。山子懂得小强不愿进城，不想离开九子岭。小强不懂，妈妈要山子将小强送人，说城里不许养狗。妈妈还没进城就嫌弃小强，山子不舍得，跟妈妈闹了几回，妈妈拗不过山子，才答应把小强带进城去。

小强拼命地蹬着腿，小强不愿离开九子岭。

山子只好把小强丢在地上，一个人向车子走去。小强往回跑了几步，又回过身，朝山子扑过来，咬着山子的裤脚往回拽。

山子弯下腰，又一次抱起小强，山子轻轻地抚着小强的身子说，小强，听话，这儿不是山子的家了，也不是小强的家了。以后这儿没有九子岭了，九子岭改叫龙州新城，会有数不尽的高楼和厂房盖在这块地上。

小强，咱九子岭发达了。小强，九子岭没咱的家了，咱去城里的家，城里有山子的家，也有小强的家……

小强安静了，望着山子，眼里汪着泪。

山子眼里闪着泪光。

车子离开九子岭时，小强两只前脚搭在车窗上，昂起头，透过窗玻璃望着空落落的九子岭。

山子不敢看窗外的九子岭，这儿的一草一木都揪着山子的心。山子感到自己跟大樟树一样，被锯掉枝枝杈杈，只剩下光秃秃的树干，最后连根刨起，被一辆大车拉进城里。

山子又感到来自身心深处的疼痛。

小强是在进城后第二天丢失的。

搬进新家后，小强一夜不宁，拼命地用身子撞着门。山子懂小强的意思，他把小强搂在怀里，小强才暂时安静下来。山子只要一把小强放在地上，小强就闹个不停。

一早山子被爸爸送去上学了，放学回家时他找不见小强，妈妈说小强不见了，大概自己跑出了门。妈妈还说小强丢了就丢了，搬进新家才一天，小强就不让人有片刻安宁。

山子突然想到小强是妈妈故意放跑的，他狠狠剜了妈妈一眼。

山子的目光让妈妈心头撞上一把刀子。

这孩子，进城后咋变了性子。妈妈在心里嘀咕了一句。

趁妈妈不留意，山子悄悄地离开了家，去找小强。他找遍了小区，又沿街找小强，最后他往九子岭方向找去。山子还在一座跨江大桥的桥头边看见了光秃秃的大樟树。看着大樟树，山子哭了。

天黑下来了，山子问清了路，一直往九子岭方向走去。

小强回家了，回九子岭那个家了。夜里，满天的星光，山子搂着小强甜甜在睡在即将拆迁的屋子里。

一大早民工用推土机推倒房子，山子和小强被压在里面。几天后民工清理推倒的房屋现场时发现了山子。谁也没想到，山子和一只狗竟然睡在九子岭的民房里。

搬石头

晒谷场北边有一块大石头，约有三百来斤重，谁也记不清它的来历，大概是当年平整晒场时从地里挖出来的，在晒场边上风吹日晒一晾就是好多年。队长陈胜利总觉得这块大石头碍眼得很，有几次想让人抬走它，但都因事被岔开了。这块大石头很侥幸地在陈胜利眼皮下一待就是好多年。

这天中午，陈胜利立在晒谷场上吹响了出工的第一遍哨子，他的目光突然落在了那块大石头上，吹响第二遍哨子，陈胜利想今天得把这块碍眼的大石头给抬掇走。

生产队员们已集中在晒谷场上的大柳树下，正等着队长派活。

陈胜利分派完活，扫了一眼人群，忽然说，下午收工后得留俩人把谷场上的大石头抬走。

队员们谁也没吱声。

陈胜利说，队里不会让人白出力气，抬石头的得先回家拿工具，每人给记两分工。

这两分工挣得容易。队长话音未落，大家顿时活跃起来，都眼巴巴地望着陈胜利，看这两分工会落到谁的头上。

陈胜利又扫了一眼人群，正想着该让哪两个人来挣这两分工。

队长，我现在就搬开石头，不用队里记一分工。人群里突然响起了一个沉沉的声音。

陈胜利惊讶地顺着声音一看，是贺立明。贺立明个头不高，人精瘦精瘦的，也有一把子力气，啥样的活都拿得起放得下。贺立明人精明能干，但是小姓，势单力薄，在生产队不大有人瞧得起他。

队长，我来搬开石头，不用队里记一分工。贺立明矮身出了人群，望着陈胜利说。

大家的目光齐刷刷地聚在贺立明身上。

陈胜利望着贺立明，他想不明白贺立明为啥夸下这海口，自个出自个的丑。贺立明虽说也有一把子力气，但要搬开这两个汉子才抬得起的石头恐怕还得再来两个贺立明。陈胜利嘴角浮出了一丝丝笑意，说，立明，你要是一个人搬动了这石头，我给你记五个工。

现场响起一片惊叹声。听到队长给记五个工，几个年轻气盛的壮汉子早几步跨出了人群，围着大石头转着圈。每个人都弯下腰，攒足了劲去搬大石头，但没人撼得动这块大石头。

几个年轻气盛的壮汉子灰头灰脑地回来了。

大家都笑眯眯地盯着贺立明，瞧他的好戏。

队长，我说过了，不要队里一分工。贺立明一字一句地说。

陈胜利笑眯眯地望着贺立明，说，立明，你搬动大石头，我给记十个工。立明，搬不搬你自个掂量吧。

大家这回谁也没出声，都巴巴地望着贺立明。这回大家终于明白了队长为啥给到十个工。

队长，我说过了，搬动大石头不要队里一分工。搬不起来队里罚我二十个工。贺立明一字一句地说。

陈胜利依然笑眯眯地望着贺立明，说，立明，打赌讲究公平，你搬动了大石头，我给记十个工。搬不起来队里就罚十个工。这样公平公正，谁也不欺谁。

队长，搬不起来队里就罚我二十个工。搬动了大石头我不要队里一分工，但我得拿这十个工和队长再下个赌注。

赌什么？

也赌石头！

石头怎么做赌注？陈胜利似懂非懂地问。

就用石头做赌注！队长，我要是搬动了大石头，俺俩谁也不准当道上的石头。我要是搬不动大石头，队长，我也给你当道上的石头，谁也别想过去。贺立明盯着陈胜利严肃地说。

大家面面相觑，都听不懂贺立明这半懂不懂的话。

陈胜利的脸色一时变得凝重，他缓缓地说，立明，你真的赌石头?!

贺立明重重地点了点头。

陈胜利昂声说，那好，俺俩一言为定。

谁也不许反悔。贺立明又追了一句。

立明，你担心啥?!陈胜利嘴角又浮出了几分笑意。

贺立明不再说什么，慢腾腾地走到了大石头旁，围着大石头转了两圈。

大家都有些紧张地盯着贺立明的一举一动。

贺立明慢腾腾地蹲下身，在大石头的四个角各垫了一块小石头。贺立明站起身，深深地吸了口气，扎了个马步平蹲着弯下身，手上的青筋暴起老高，憋涨着脸，贺立明猛地吼了一声，大石头被他搬离了地面。

大家眼光被拉直了，无声无息的，不知谁叫了一声，接着骤然响起一片惊叹声。

陈胜利的脸一下子白了，像全身猛地被抽干了血。

晒场下边是稻田，稻田里的禾苗长得正旺。贺立明扭头深深地望了一眼陈胜利，挪步到了晒场边，一放手，那块大石头一头扎进了稻田里，深深地嵌进了泥土里。

大家都傻眼了，不明白贺立明从哪来的这么大的力气?

那块大石头一直待在晒场下的稻田里，谁也没有提出搬走它。有时上工收工路过时，大家都不由自主地看上一眼。

除了陈胜利，谁也没明白贺立明和队长赌石头干啥。

多少年后，因当年打赌搬石头，贺立明扭伤了腰，慢慢地落下了严重的腰病。后来娶了陈胜利女儿的儿子贺文钟为此常埋怨父亲当年逞强，现在不得不哈着腰走路。在贺文钟眼里，父亲渐渐成了一块碍眼的石头。

植树造林

上善村的村长选举，每次黎启明都高票当选，这钓鱼台坐得比谁都稳。黎启明在村里人缘好，口碑佳，心中着实记挂着乡亲们的利益。比方说，大前年高速公路打上善村过，征地补偿款省里给的是五万元一亩，可经过市、县、镇层层盘剥，落到每个村只剩下八千元一亩。别的村子一亩只发五千元，上善村一分钱也不截留，全发放下去。

镇里别的村长对黎启明意见很大，黎启明做好人了，他们在村里日子就磕巴了。村民总在背后对自个的村干指指点点。镇上领导对黎启明也有看法，黎启明不仅影响全镇安定团结的大好局面，也损害了干部在群众心目中的形象与威信。镇上几次想拿掉黎启明，但每到选举，上善的村民们全投黎启明的票。

这不，省、市、县要来上善村检查指导退耕还林工作，黎启明一时有些措手不及。这退耕还林，各村往上报的数字都有不小的水分。不同的是，别的村子领回的退耕还林补偿款大部分落进村委会的小金库，而上善村的钱全发放到各家各户。上善村往上报的数字是五百亩，可实际退耕还林才一百亩。这两天黎启明锁紧眉头，茶饭不思。村民陈水平给他出主意：检查组不是要来看那五百亩的退耕还林嘛，村里再种上四百亩树不就得了。黎启明挠了挠脑袋，说水平，你这不是说笑话嘛，哪来的这几百亩地？再说现在都过了植树时节，咋能种下这几百亩树！水平说村长，村西的那三四百亩地紧邻着西山，种什么都受野猪的气，大家都撂荒了，这地不是现成的嘛。再发动乡亲们上山砍一些粗壮的树枝，插在这些荒地上，村长，这三四百亩林你还怕这两天工夫长不出来。黎启明拍了拍脑门，说水平，还是你有办法，这办法能帮村里度过难关。

一听说黎启明有难，村民们都很自觉，纷纷上山专砍那些粗壮的树枝，深插在西山脚的这些荒地上。不到两天的功夫，就造出三四百亩郁郁葱葱的人工林。

为防被检查组看出破绽，黎启明和村干又在地头仔细查看一遍，乡亲们把该想的都想到了，让外人根本瞧不出破绽，足以以假乱真。

检查组说来就来了。那天，天公作美，一大早就下起小雨，黎启明和村干们在村口迎接检查组，然后一行人打着雨伞往西山下进发，穿过一大片田野时，田埂路有些泥泞，那一大片人工林在雨中苍翠得可爱，检查组一行人兴致很高，一定要不辞辛苦到人工林边看看风景。

一行人穿过泥泞的田间小路，一直来到人工林边。黎启明的心一直搁在嗓子眼上。大概正下着雨，地头湿透了，大家就在林子边欣赏着满眼苍翠欲滴的好景到。就在一行人正准备转身离开，黎启明舒口气，忽然检查组大胖子组长手向上一扬，说那儿有一位老乡正走过来了，咱不妨让他来说说，这退耕还林对乡亲们都有哪些好处。一行人个个都连连点头称是。

黎启明一眼望过去，心又提到嗓子眼上。朝这边走来的是令人放心不下的老钟头。这老钟头是村里的大怪人，一条腿有些瘸，终身未娶，也没女人看得上他。有些瘸的老钟头一生沉默寡言，很少与村人往来，但他有一个令村人费解的爱好，这些年一直在村里的荒山上垦荒植树，日出而作，日落而息。老钟头早年种的树已成林，老钟头一边植树一边守护着林子，不让人砍伐走一棵树。乡亲们植假林的事让老钟头知道了，老钟头气鼓鼓地来找黎启明，说启明，你咋能这么干，让大家把那些好端端的树给毁了。黎启明双手一摊，叹口气说，老钟叔，村里也是没办法可想，要是不用这办法闯过这关，我这顶乌纱帽丢了是小事，乡亲们就少了一大笔收入。老钟头说，启明，你不能为了钱去欺骗上面，更不能毁这些树。

黎启明自我解嘲地说，老钟叔，我是为了大家伙的利益，谁让咱人穷志短，话说回来，别的村子也都在骗，再说市里县里也要下面人骗他们，不骗不行，不骗不出政绩，他们这官咋往上升呢……

启明，你会后悔的。老钟头生气地叫了声，跺跺脚，就转身走了。

一见是老钟头，黎启明就感到有些不对劲，这检查组的人要让老钟头说说退耕还林都有哪些好处，老钟头还不把上善村造假林的事儿一股脑抖出来。这时神情严肃的老钟头越走越近。

黎启明死盯着老钟头，一时想不出办法来制止他。黎启明急得恨不得冲过去，把老钟头拖走。眼睁睁地看着老钟头过来坏事，血开始往黎启明的脑子里冲，他突然觉得支撑不住身体，身不由己地坐在地上，一下子昏迷过去。

不知是谁惊叫一声，黎村长，你咋啦？人们这才发现黎启明已昏倒在地。大家七手八脚地去搀黎启明，老钟头也奔过来，和大家一起把黎启明送往镇医院抢救。

黎启明脑溢血突发，由于途中耽搁太久，在转往县医院的途中与世长辞。上善村失去一位好村长，乡亲们心里都无比悲痛，都认为村长的死跟一个人有关——老钟头。是老钟头害死了村长。村里的年轻人把老钟头绑到村长的坟头，让他给村长披麻戴孝……

打那以后，得罪了乡亲们的老钟头突然从村民们眼里消失了，谁也不清楚一大把年纪孤老一个的老钟头到底去了哪儿。

人活一张皮

瓦店村人一向眼里揉不进沙子，人渣子在瓦店村是一句最损人的话，任三便招来这么一个外号，瓦店村人不仅背地里叫，当着任三的面也这么喊。

谁也没想到，任三居然叫村里最漂亮的姑娘春芳瞧上了。春芳鬼迷心窍，竟一心追着要嫁任三。村里人想破了脑袋也看不懂。春芳的爹娘死活反对，骂：这任三有啥好的！人渣子一个！

任三是不是人渣子，人好不好，我这心里头明白得很。

娘急了，骂道：任三不是人渣子是啥，等你明白过来，这辈子肠子都会悔青的。

我不悔，任三对我上心。春芳铁下心，十头牛也拽不回头。

我怎么养了这么一个不知廉耻的东西。春芳字字如锤，锤在娘的胸口。娘气疯了，对天跺着脚。

爹娘拼了命反对，春芳豁出命要嫁，一时闹得水火不容。

刀山火海，春芳还真敢闯敢上，竟和任三把婚后才能做的事都做下了，等到爹娘发现时，肚子已显山露水了。

瓦店村炸开了锅。

爹娘蔫巴了，人活一张皮，脸皮都叫亲生女儿给活生生剥掉了，还有什么脸做人。爹娘将春芳逐出门，割断亲情。

瓦店村人都松了口气，人活一张皮，女儿没脸没皮的，爹娘可是明白人。

春芳一心一意跟任三过起了日子。

瓦店村人都骂任三，骂任三勾引欺骗了春芳。

春芳却说是她喜欢上任三的，任三对她上心，拿她当女人看……

瓦店村人都看不懂这事，春芳咋会恋上任三？任三要德无德，要样没样，这四邻八乡的未婚男子哪个不对花容月貌的春芳上心，那个不想把春芳娶进门，春芳却没一个瞧上眼。瓦店村人都说春芳是一时糊涂，总有一天会醒过来。

春芳和任三恩恩爱爱，小日子过得一点不含糊。春芳喜欢吃鱼，任三一有空就背着鱼篓子下水塘摸鱼。大冬天，任三光着脚下到冰凌凌的水塘，不摸上几条鱼不肯上岸。瓦房村的女人瞧着春芳心里羡慕死了。男人见了都撇撇嘴，说任三那熊样，不对春芳上心哪拴得住那娘儿们的心。

除了几个赌友，村里人不和任三一家往来，遇见了也很少搭理。任三不赌了，把摸鱼换来的钱全交到春芳手里，春芳又把钱还给任三，让任三得空了就去过过赌瘾。

春芳这一手，让瓦房村的男人羡慕死了。女人见了却直撇嘴。

儿子小新长到两三岁，任三竟把多年的赌瘾戒了。

这一家日子过得越红火，瓦店村人越瞧不起。村里人看见任三起劲地叫他人渣子。

这一喊就是多年。

任三的儿子小新长到六七岁时，老被村里的孩子欺侮，一群孩子追着打骂道：老人渣生个小人渣……

小新常鼻青脸肿回到家，问娘：人渣子是啥东西？他们凭啥咒我和爹？

春芳心一酸，看着儿子说，小新，别听他们乱嚼舌头。

小新盯了娘一眼，口中嘟囔一句，背着身走到一边。

春芳心头一颤，这孩子……

小新上学放学，不是被一群孩子追着打骂就是一个人孤零零地走着。

春芳的目光追逐着儿子，常盯着小新的身影发呆。

这几年，任三捉到鱼篓子里的鱼越来越多，谁家有病人想喝口新鲜鱼汤，谁家来客人了，春芳都会捡几尾活鲜鲜的鱼送过去，瓦店村人和他们渐渐有了一点往来。

春芳一家一家上门，一遍遍哀求说，小新大了，这孩子也懂事了，我想请乡亲们不要再叫任三人渣子，要叫就叫任三的大名。

村里人都口头答应了，说以后就叫任三，任三任三，这名字有新鲜感。实际效果并不好，也许瓦店村人叫了十几年，叫惯了，一时谁也改不了口。

春芳一脸无奈。

那天放学，小新又是鼻青脸肿地回家。春芳心情复杂地盯着小新。小新迎着娘的目光，问：我爹当年真是个人渣，偷看两个姐姐洗澡……

你爹那时还是孩子，才十四五岁，不懂事，对女人的身体只是一时好奇才犯了错。就这么简单。春芳心头一凛，说。

还简单呢，让人撞见好几回，仍死性不改，真是个人渣。小新一脸不屑。

你给我记着，任三是你爹，你咋能往你爹脸上抹黑。春芳脸气绿了，狠狠甩给小新一巴掌。

小新半边脸肿了，捂着脸跑出去。

任三回来，知道了这事，揪着头皮唉声叹气：这事不能怪小新，要怪就怪我当年糊涂，偷看姐姐洗澡；娘要闭眼了，还赖在赌桌上扳本。人活一张皮，这些年我咋活都一个样，可小新不一样，小新不能跟我一样，再也没了脸皮……

春芳和任三拉着张苦脸又过了好多天。

村里程有才的老娘和媳妇吵架，想不开绑着石头沉了水库。村人在水库岸上发现鞋子，连捞两天没捞着。可有才的舅生要见人死要见尸。有人怀疑尸首陷进深井里。前些年大旱，水库干了，村人在西边掘了口深井，供一村人畜饮水。

村里没人敢下，那口井太深了，又积了许多淤泥，万一尸首陷进泥里，就算水性再好，也等于在鬼门关闯一遭。

在有才巴巴的眼光中，任三将岸上人望了个遍，一声不响地走向水边。

任三。有人叫了声。

任三感激地回过头，冲众人喊：任三没脸皮了，但娶了春芳，这辈子也值了！可我儿子小新不能没脸皮……任三跳下水，一口气潜到水底。

岸上一片寂静。

过了小半天，尸首慢慢浮了上来，任三却一直没见上来。任三憋了一口气，将尸首捞出淤泥，自己却陷进去。

此后，瓦店村人再也没提过人渣，包括那些孩子。

守了活寡的春芳再也没嫁，她常对儿子说：人活一张皮，小新，你这张脸皮是你爹用性命换来的，你一定要好好爱惜。

小新噙着泪看娘时，春芳已是泪流满面。

回家过年

这个年，鲁大光得回家过。鲁大光有三四年未回家过年了。第一个年，包工头说没人守工地，让他留下来守；第二个年，工地要赶工期不放假；第三个年，包工头没发工钱，连回家的路费也没有，只好在工地上蹲守。这个年，包工头早早发了工钱，鲁大光早早去买好火车票，眼瞅着过几天就能回家了。

回家的日子近了，鲁大光跟包工头请了一天假，吹着口哨在工地边站台跳上一辆公交车，头一回去闹市逛街。

刚上车时乘客稀稀拉拉的。鲁大光拣了个靠窗的座位。几站后，车厢挤得满满当当的，再上来的人连个下脚的地方也难寻。公交车停在一处站台时，上来一位胸前吊着几个月大婴儿的女乘客，女乘客一上车，让人眼前豁地一亮。女乘客不仅人长得漂亮，穿着时髦而得体，虽刚生过孩子不久，但那身材要形有形要款有款。鲁大光不由多看了好几眼，目光刚跳开又忍不住瞄过去。

一车人都在瞧着她，但却无人起来给她让座。

见女子站着，鲁大光腾地立起身让座。

女乘客瞥了鲁大光一眼，看着他满身邋遢的样子，又见他一双贼亮的眼睛和一双粗糙的手，皱巴着眉头。对鲁大光的善意，女乘客无动于衷。

鲁大光僵住了。车厢里静寂无声。

一车人的目光拢在鲁大光身上。一个人一种目光，鲁大光闹了个红脸，一时喘不过气来。那个座位就一直奇怪地空着。

逃下车后，鲁大光大口地喘着气。

市中心热烘烘的，鲁大光却没了闲逛的心情。各家店铺门前都竖着大优惠的牌子，站在门前的促销员眼里仿佛长出手来，恨不得将过往的行人拽进店里。

大哥，快过年了，回家就不想给大嫂带件羊毛衫……鲁大光真给一双纤细的手拽进店里。

站在红彤彤喜洋洋的羊毛衫面前，鲁大光心动了。一问价钱鲁大光吓了一大跳，288 元，这可要干五六天活才挣得回来。

大哥，大嫂在家可不容易，你送这么一件货真价实的羊毛衫，大嫂也就知道她在大哥心里的位置……

一提到女人春花，鲁大光觉得这辈子欠了她还不完的良心债，鲁大光一狠心，买下那件彤红的羊毛衫。

鲁大光又被一双好看的手拽进一家全城最低价学习用具专卖店。儿子爱文读初中二年级，除了英语有点跟不上趟，其他各科成绩都在年级排第一。他一直琢磨着这次回家一定给爱文带台英语学习机，可 1448 元的价格让鲁大光犹豫再三。

大哥，你的孩子英语差是吧，这可是中小学生学习英语的好帮手。大哥，考大学的话英语可是关键的一门课，英语不好没准让孩子名落孙山。大哥，为了这千把块钱，你能看着他十几年书白读了，你能看着他将来跟你一样出远门打工……

这姑娘说得在理。鲁大光咬紧牙关，把英语学习机给买下了。

摸了摸瘪下去的口袋，鲁大光很心疼，但也很满足。大后天就要回家过年了。

在一家羊毛衫专卖店前，写着全城最低价 38 元。鲁大光忍不住走进店里一看，自己买的相同牌子的 288 元羊毛衫在这只要 48 元。

店老板走过来向他推荐羊毛衫，鲁大光不敢再看下去，仓皇地逃出专卖店。

鲁大光又鬼使神差地走进一家学习机专卖店，他买的相同牌子的 1488 元英语学习机在这标价 888 元。

鲁大光再也不敢看下去，做贼似的蹿出了专卖店。他在人流中乱窜着，有几次差点和人撞了个满怀。他一边走一边嘟囔：这七八百元是从天上掉下来，是大水淌过来的，不是你用几箩筐汗珠子换来的……

大街上几个城管正没收着一个乡下女人的甘蔗，那辆破旧单车后座的箩筐里两大捆甘蔗被城管抢到手。乡下女人被掀翻在地，仍连哭带喊地哀求：行行好，把甘蔗还给我，我不在这卖了还不行吗？我男人还等着卖甘蔗的钱买药……

面前围起了一堵人墙，大家都笑嘻嘻地围观着，没人上前制止城管，替乡下女人说句公道话。鲁大光还看见人群里晃动着几个民工模样的人，他扒开人群，挤到前头。

这城里咋到处都在坑人，还专坑乡下人。鲁大光嘀咕了句，冲上去拦在城管面前，让城管把甘蔗还给乡下女人。

城管瞪大了眼，问，你是她啥人。

我是她啥人，你管得着嘛。

滚一边去，少管闲事。一个城管吆喝着。

你们还有丁点良心吗？人家等着这钱给男人买药。鲁大光上前和乡下女人一起抢甘蔗。

城管急了，冲鲁大光拳打脚踢。

谁也没想到，鲁大光突然抓起落在地上削甘蔗的刀子，朝城管一阵猛砍。

好几个城管被疯狂的鲁大光砍伤了，围观的人群中有人忙报了警。押上警车时，鲁大光捂着脸突然哭了：我这是咋了，我咋不想回家过年了，我三年多没回过一趟家了……

大伯

雨落下来，丝丝清凉顿时在掌心里滋生。

我站在廊檐下，外面的雨水连成一片，雨线落在手心四溅开来，盛放着朵朵雨花。大伯就立在我身边，给我讲水滴石穿的故事。水真的那么坚硬吗？能穿透石头？石头会疼吗？我突然举起手掌，对着光亮处细看，水穿过手心没有？大伯笑了，说，傻妮子，水要年复一年才能穿透石头，水怎么可能一下子穿过得了妮子的手心。

细一看，走廊边埋的石头真有些年头了，廊檐下的滴水在上面踩出年复一年的脚印。我惊叹水柔软的力量，竟能穿透如此坚硬的石头。我悄悄地在墙角的一处廊檐下放上一块石头，青色的石头在雨水的浸润下泛着光。

我盼着自己快点长大，好看到水滴穿过青石。我还盼着天快点下雨，天天下雨。天一旦真的放晴了，一转身我就忘了廊檐下的那块青石。我成天在野地里疯，野地里的花开得恣意而任性，树长得奔放而无拘束，小鸟在起起落落。

大伯在我不远的地方，看着我尽兴地玩耍。有时大伯会点上一支烟，烟雾在大伯的手指间袅袅上升。我回头看大伯，大伯的目光亮灿灿的，有一片我熟悉的风景。我调皮地冲大伯做鬼脸，大伯喊，妮子，小心石头。大伯话音未落，我差点叫石头绊跌了跤。幸亏有大伯的提醒，我才及时稳住身子。我又冲大伯扮了个鬼脸。我觉得自己像一朵花在野地里盛开了。

秋天时野地有一种不知名的果子熟透了，果子细小而厚实，浑身红彤彤的，咬在嘴里，甜滋滋的，有一种持久的芬芳。我口袋里常揣着这种红果子，一抓一大把，放进大伯手心。大伯拾起两颗，丢进嘴里，吧嗒吧嗒地嚼着。甜，妮子摘的果子真甜。

有一天，我从外面回来，远远地听见家中传出争吵声。村人三三两两聚在离我家不远的路口，看见我他们忙闭上嘴巴，用一种怪怪的目光看着我。家中到底出了什么事？我心跳得厉害，奋力地往家中跑，闯进屋子我呆住了。

屋子已乱成一团，大伯正指着父亲大骂，父亲在竭力辩解着。吵架的起因是祖屋后那几棵大松树的所有权。父亲把公有的树私自卖掉了。大伯突然出手，狠扇了父亲一巴掌。啪的声响在屋里爆裂开来，随后带来一片死寂。父亲怔怔地望着大伯，过了半晌，突地号叫一声，猛地扑向大伯。两人瞬间扭打在一起。

我呆呆地望着眼前发生的一切。

大伯。我无助地叫了声。没有人理我，我的叫声淹没在一片打斗声中。我像根被焚烧的稻草绝望地立着，忘了喊叫，忘了疼痛……

大伯是这场战斗的胜利者。大伯瞥了躺倒在地上的父亲一眼，恨恨地走了。

我怯怯地望着大伯，想叫声大伯又说不出话，大伯两字最终变成一声哭喊……

大伯瞟了我一眼。

大伯走后，屋里死一般冷寂。父亲一动不动地躺在冰冷的地方。我僵立着，感到天塌下来了，就压在我的头顶。

直到母亲从外面回来，才把父亲弄到床上。

父亲在床上一连躺了好几天，才勉强撑着身子下到地上。

大伯此后再也未进过我家门，但两家一直不停地吵架，田间地头都沦为战场。

有好几次，我和大伯在村里遇见，我立在路边，怯怯地望着大伯，想叫声大伯。大伯只瞟了我一眼，就从我身边走开了。我感到心被摔在地上，碎了，很痛很痛。

因为两兄弟不和，加上父亲的无能，村里人都瞧不起我们一家子，他们开始想着法子欺负人，并当成一件乐事。

父亲就像经历过一场秋霜后的衰草再也直不起腰杆，母亲瞧着景况一天不如一天的父亲常一个人独自垂泪，羸弱的母亲只好用双肩挑起一家子的重担。

那年秋天我常在野地里游荡，有几个男人在与野地接壤的地里干活，他们都欺负过我们。那天我在荆棘堆里摘红果子，一个叫贵的男人朝我招了招手，喊了声妮子。我心里一动，朝他们走过去，从口袋里抓出一大把红果子，放在他们手心里。他们互相瞅了好几眼，贵突然说，妮子，大家伙想同你玩个游戏。

我望着他们，他们眼里有一种让我害怕的东西，但我还是点了点头，答应和他们玩游戏，也许他们以后就不会欺负我们一家子。

他们把我带到野地里一处沟壑里，让我脱掉裤子，躺在草地上，我惶惶地看着头顶上的蓝天白云，感到恐惧和害怕，后悔不该和他们玩这种游戏。他们不断安慰我这是男人和女人都在偷偷玩的游戏，但玩过后不能对任何人说，否则父母就会死掉。然后他们排着队，一个接一个把下身长出的粗大的家伙塞进我下身运动着。

贵第一个进入我的身体，我变成一块僵硬的石头，贵在我身上气喘吁吁鼓捣着，我感到身体不断被撕裂开来，为了父母，我强忍着疼痛。

大伯。我实在忍受不了，含糊地叫了声。

那几个人吓了一跳。贵下身长出的家伙顿时软下来，他们东张西望，惊问，妮子，你看见你大伯了。

我摇着头。

他们笑了，说差点忘了，你大伯和你家成了死对头。

我心里像被插进一把刀子。那一刻我突然泪流满面。

他们还是仓促地离开沟底，剩下我一个人躺在草地上，我望着天上的白云，一朵朵云正快活地走在回家的路上。

就像从一场噩梦中醒来，此后我发现眼前的一切都被改变了，我再也回不到从前了。天、地、村人、村庄、大伯一切都已不是从前的样子，都变得让人生疏、可怕。我似乎一直在痛苦与绝望中慢腾腾地长大，上完小学，又升了初中，我也越来越寡言少语，在心上感受着天、地、人、村子、季节的变幻，我就如同路边的一株孤寂迷乱苦痛的草蔓。

经过野地或在屋檐下时，我常产生一种幻觉，感到柔软的我逐渐变成那块坚硬的青石，正被年复一年的雨水和光阴慢慢地穿透。但这种幻觉带给我的是一种身心撕裂的疼痛，是一种更深的身心被淹没的绝望与恐惧。

大伯。不知为何，我常在心里那么没由头地叫一声。

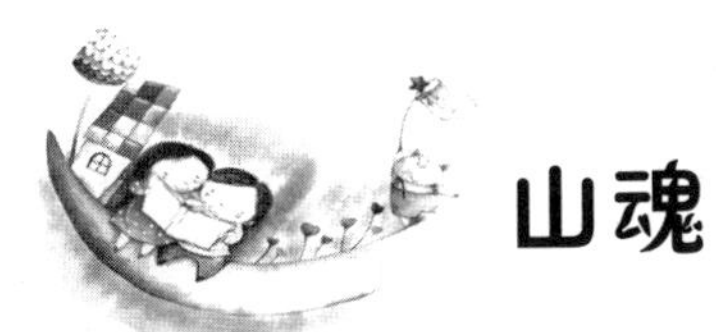

山魂

爷老了，却一点儿也不糊涂。老了的爷如村头的老树盘着根节定着身子，老了的爷是一座让人踏实安稳的大青山，老了的爷更是山子的黄天厚土，放学回家爷好端端的，山子心立马就安生了。

爷懂山子的心思，说山子，别瞧爷老了，走不动多远的路，爷的脑子还好使唤着呢。山子，你大一天不落家，爷就顶着天撑着地，让娃好好上学读书。等你大回来，爷把好端端的娃儿交到他手心里，爷落了心才走人。

山子看了爷一眼，爷是他的主心骨，山子好怕爷有一天突然走了，只剩他孤单一人。村里常有活生生的老人一夜间人就睡过了，再也没睁开眼。山子时常忍不住多看几眼爷，爷本该是享福的光景，可爷操着山子的心，一天福也没享。

山子的心时不时疼痛着。

在学校受了委屈，山子能忍着就忍，能吞下去就吞到肚子里。和同学王刚狠狠干了一架后，落得浑身青一块紫一块的，回到家山子把自己藏着掖着。爷到底老了，啥也没瞧出来。山子很高兴，这事逃过了爷的法眼，没让爷担心。

第二天放学，刚出校门，孤单的山子就傻眼了，爷挎着一大篮子红枣立在门口，每见一个同学就讨好地抓起一把塞到对方的手心，说，我是山子的爷……

那篮子晒干的大枣爷和山子都不舍得吃，打算拿到集市上换笔和本子的。同学们一边吃着大枣一边笑嘻嘻地瞅着山子。山子狠狠地瞟了爷一眼，冲了出去，山子发疯地在旷野上不住地跑着。

天黑透了，爷才在大青山脚下的坟地找到山子。山子不看爷，正一心用手扒拉着两座小土包。

爷立在山子身边，看着大青山不说话。

大青山藏匿在黑色的雾霭中，却重重地压在人心头。

山子，爷有时真想躺到坟地里，一了百了，爷要是自顾自走了，剩下可怜的一个娃儿，咱山子咋办？咱山子可是个有出息的娃……爷突然开了口。

爷，不说了。山子眼中浸满了泪水。

山子，回家吧。爷说着跪在地上，用手扒拉平土包。

山子也跪在地上，和爷一起用手扒拉着。

爷，山子心里疼。

山子，爷心里也疼呀。你大坐牢了，你娘跟人跑了，爷心里比谁都难过。痛过后爷心里就念着咱娃儿，爷不能光图自个快活，爷活着还有山子呀，爷不能让咱娃儿心再疼，咱山子也不会让爷心再疼。爷泪水突然下来了。

爷，山子知道错了。山子不恨大也不恨娘。

娃儿，大了你就啥都懂了，恨一个人比爱一个人容易，爱一个人比恨一个人要难得多。村里人都说你大傻，为了大家伙的事去跟人动刀子伤了人，把自己后半生搭进去了。骂你娘耐不住，跟人跑得没影了。爷从不记恨你大你娘，连大青山都有性子，人也会有自个的性子。有性子的人有时难免会犯错……

爷，山子懂了。

娃儿，回家吧。爷扒拉平了土包，立起身子，拍了拍身上的土坷垃。

山子看了爷一眼，爷就像眼前的大青山，重重地罩在山子心头。

山子跟着爷一路深深浅浅地回到家。

山子和爷淡淡地过着日子，山子觉得自己那一夜后像破茧而出的蝶儿，在天地间飞来飞去。山子感到自个真的一下子长大了。爷常怜爱地看一眼山子，那一眼让山子心有些痛。

爷还是挡不住老，背见天伛偻着，眼一天比一天昏花，田地里的活爷干不动啦，一拿锄头手就抖个不停。放学回家山子一头扎进地头，爷哆嗦着身子在一旁指点着活路。山子活路做得越来越有模样了……

村里人见了，都说，山子能挑起老黄家的大梁了，老黄家真是一辈人比一辈人出息。

爷听了呵呵地笑了。爷毫不计较村里人话里的成分。

山子瞥一眼村人，想回敬一句，但看到爷很开心，也跟着爷一起笑了。

山子，咱娃儿懂事多了，爷可以放心走人了。这世上的事，这世上的人，就是这么一个理。事后，爷望着雾蒙蒙的大青山说。

山子以为这只是爷的一句玩笑话。

爷还是没有等到山子大回家，就撇下山子走了。

爷在床上不吃不喝躺了好几天，山子跟老师请了假，尽心尽力地侍候着爷。爷一个劲撵山子去上学，别误了读书，爷说他当了一辈子睁眼瞎，有来世的话最想做的事就是去读书识字。爷交代山子，他要是真的走了，天天就蹲在大青山上，看着娃儿，看着娃儿一心上学读书。

傍晚时，爷陡地精神了，拽着山子的手说，大海，我把山子交到你手心里，山子是个懂事的好娃儿，大海，你要好好待山子，山子这娃儿是块读书的好料。

爷把山子认成了山子大——大海。

山子捣杵般点着头。爷，你放心走，山子会做个有出息的娃儿。

爷合上眼走了，嘴角带着一丝笑意。

山子替爷盖好被子，走出屋子，朝大青山跪下来，用尽力气猛喊一声：爷……

泥人

向二老爷走的那年，陶三姑娘的五斗橱上突然有了好几十个泥人，那一排排的泥人差不多大小，眼睛鼻子嘴巴各有各的样儿，如一个个大活人立在面前。披着岁月的霞光，陶三姑娘常擦拭着这些泥人，泥人在陶三姑娘的手上泛着青光，散发着生命的气息。

泥人一直浸泡在大河人的记忆中。

陶三姑娘是大河一本最老的皇历，但大河近百年的风风雨雨却仿佛在她身上不着痕迹。陶三姑娘一身黑衣，如黑玉般圆润，穿行在大河璀璨的日月星辰里。

那年，三月天里，桃花开得妖娆而泛滥，在一片妖艳的桃林里，二八佳人的陶家三姑娘和向家二少年向至善不期而遇。美丽聪慧的陶家三姑娘在向家二少年眼里像一朵娇媚的桃花俊俏地盛开着。陶家三姑娘离开桃林时，也一下子勾走了向家二少年的心。

第二天，媒婆就款款地踏进陶家的门，给向家二少年说亲。向家是大河方圆百里的首富，家道中落的陶家也是大河的大户人家，富甲一方的向家提亲，陶家似乎找不到理由不应允这门亲事。但陶三姑娘却不愿嫁进向家，说向家已兴盛百年，总有衰落的一天。陶三姑娘说她愿嫁平常人家，过着男耕女织的寻常日子。第二年桃花怒放时节，向家二少年还是把陶家三姑娘迎进了门。

几年后，向家老爷病逝，家业一分为三，向家三个儿子各立门户，三足鼎立。

1946年，大河遭了天灾，先是洪涝，后是大旱，庄稼绝收。许多人家粮仓米缸均抄了底，屋顶也早断了炊烟。就在大河人气息奄奄时，陶

家三姑娘竟然说动男人向至善开仓放粮赈济民众，帮大河人度过了生死劫。

新中国成立后，也许大河的男人嫉妒陶三姑娘的美丽，向至善并没因当年开仓放粮的善举而逃过一死，也和两个兄弟一起被大河人坚决地执行了死刑。

结束二地主向至善性命的那颗子弹仿佛击中了陶三姑娘，陶三姑娘常不言不语，一身黑衣，去给男人上坟，在男人的坟头一待就是半天。

死了男人的陶三姑娘却愈发像三月艳丽的桃花，娇媚动人。妖媚的陶三姑娘常在大河的地面上游荡，盯着一个个大河人看……

大河人一个个低着头，不敢正眼看陶三姑娘一眼，大河人对美丽的陶三姑娘充满了莫名的畏惧……

后来，一场长达十年的风暴骤然而至，陶三姑娘常执拗地给男人上坟，但每上一回坟都被大河人批斗好几天。陶三姑娘仍我行我素。大河人发誓要掘掉向至善的坟，以绝祸害。

那年三月天，大河的桃花开得正艳，陶三姑娘一身黑衣，躺在男人的坟头上。陶三姑娘一脸恬静，像一朵盛放的美艳的桃花，没一人敢上前拽走她，似乎一被触碰她就会像雨后美艳的桃花般凋零了。那些高擎的锄头一直悬在半空中，再也没落下去。

这一幕多少年后还让大河人记忆犹新。

年年岁岁人不同，桃花依旧笑春风。陶三姑娘的桃花开了一茬又一茬，在我们的眼中也渐渐成了陶三奶奶。那场长达十年的风雨终于过去了，陶三奶奶的五斗橱上的泥人也一年比一年少。

大河人都见过陶三奶奶的泥人，但没人能说得清这些泥人是干啥用的？有人说这泥人是二地主向至善，陶三奶奶让泥人陪伴它度过寂寥的日子。有人说这泥人是陶三奶奶用来压命的，陶三奶奶命里缺土，当年才想嫁进寻常人家……但大河人都很害怕这些泥人，有几个胆大的乘陶三奶奶给男人上坟时悄悄潜进她家，想毁掉这些泥人，但那些泥人仿佛成了活人，一个个怒目而视，骇得来人不敢下手，回去后大病一场。

关于陶三奶奶泥人的谜底却让大河的孩子揭开了。

三奶奶，你咋捏这么些泥人呀？

二大爷临死的那天，三奶奶答应了他，要好好活下去，要把你二大爷没走完的路走完，要和那些要了你二大爷命的人比试比试，看谁活得长久……三奶奶就捏上些泥人，泥人没了，三奶奶也就干干净净走了。

我们知道了泥人还有这用处，就缠着陶三奶奶给我们捏泥人。陶三奶奶从不应允，陶三奶奶喜欢用麦秸稻草啥的给我们每人编成一只只蚂蚱公鸡小鸟啥的。

大人从不喜欢我们跟陶三奶奶在一起。我们喜欢陶三奶奶，跟她亲。陶三奶奶喜欢我们，跟我们亲。

几十年来，陶三奶奶五斗橱上的泥人一年比一年少了，村里的老人一个个离开了人世。临死前，这些老人都去看过陶三奶奶男人的墓地，给二大爷跪下了……

陶三奶奶去世前，她五斗橱上最后一个泥人也不见了。

那年，桃花开得比往年更艳，陶三奶奶平静恬淡地走了。陶三奶奶去了，那些泥人也去了该去的地方，不留痕迹，荡然无存，仿佛它们压根儿没来过陶三奶奶的世界里。我们的记忆里只有一个个麦秸稻草编的小动物。

大河人发现，当年陶三奶奶的五斗橱上是六十个泥人，从那年起，陶三奶奶活过了六十年。

陶三奶奶走后这年，大河的桃花开得特艳，大人们都说桃花像极了陶三奶奶年轻时的那张脸，只是现在谁也没见过，这只是大河人的口口相传。

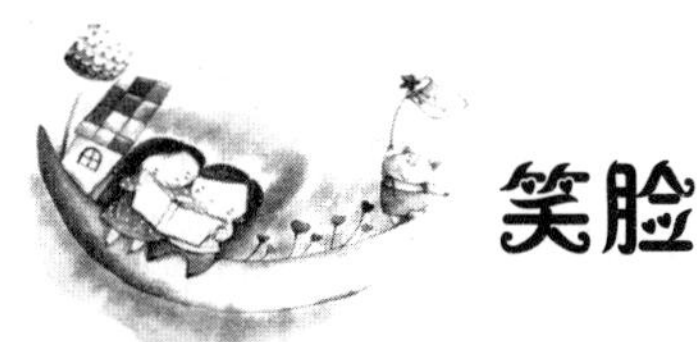

笑脸

我小的时候，父亲突然舍下我们走了，我们的妈妈就成了家中的顶梁柱，她一手拉着弟弟妹妹，一手扯着我和奶奶，闯进了那个突然来临的饥荒之年。年长我两岁的哥哥很快老成起来，十一岁的哥哥像个大人似的，我们则一个个老长不大。

我们的父亲到底去了哪啊？这是从我们心底发出的疑问。我们看到庄子里别的小伙伴有各自的父亲护着，我们的父亲呢？我们用目光偷偷地瞄妈妈一眼，我们的妈妈静静地望上我们一眼，妈妈想说的话都含在那一眼里。我们去问奶奶，奶奶啥也不说，一个劲地唉声叹气流泪。在生产队出工时，妈妈对人总是笑吟吟的，哥哥也总是笑吟吟的，让人看不到想看的内容。生产队的男人们都感到怪了：我们的妈妈这么一个柔弱的女人家，拖儿带老的，又赶上饥荒之年，日子过得这么难，咋就能为一家子顶得起一片天呢。

我们的妈妈还把笑脸带回了家，那份笑意烙印在我们的心头。我们一个个饿啊，连看见石头都想把它们咽进肚子里。我们努力地看着妈妈哥哥，也一个个笑着，我们的妈妈和哥哥都出工一天了，她们也是又累又饿。妈妈走过来摸了摸我们的头，嘱咐我们在家要照看好奶奶，那一刻，我们努力地点着头，我们感到跟哥哥一般长大了。我们饿得走不动路了，妈妈的笑脸就成了我们活下去的拐杖。

饥荒之年还不想离开人们，熬过了一年，又是一年来了。人们都感到绝望了，这饥饿的日子看不到一点尽头。人们的脸阴沉沉的，我们的妈妈和哥哥带给人的仍然是一张笑脸。生产队的男人们都感到更怪了：这女人是咋了，都饿到这分上，连路也走不动了，咋还是一张笑脸！这家人呵！

生产队有人将我家举报到大队，说我们的妈妈一直在偷生产队未熟的苞米谷子等，来养活一大家子。大队都有不少人家饿死了人，可我们家人都还活在这个世界上。我们的妈妈这样一个瘦弱的女人家，没有男人顶着一片天，拖儿带老的，分得的口粮又比别人少，咋能不饿死人呢！还有庄里到了吃饭时，我们家是一点声息也没有，别的家分吃时都是吵吵闹闹，有的为多吃一口一家的孩子闹翻了天。我们没偷生产队的苞米谷子谁也说不过去。他们背地里为这事议论了很久，都说我们的妈妈是个贼，一定要抓个现行。

生产队未熟的苞米谷子等生吃的熟吃的一直有人在偷，有许多人一直在偷，可我们知道那不是我们的妈妈干的，我们的妈妈给我们的只是一张笑脸。那张笑脸是不用偷的。

队长和大队书记带人撞开了我们的家门，我们一家人正围着跛了一条腿的破旧餐桌喝野菜汤。我们的妈妈正用一只残缺的木勺子给我们舀野菜汤，我和弟弟妹妹看着妈妈，用手捂住面前的碗笑着说，我饱了，你和哥哥还得去上工，多吃点。还有奶奶，得多吃点……

眼前的一幕让闯进来的队长和大队书记一伙人呆住了，他们原以为今天一准能捉住生产队的贼，可一锅野菜汤把他们闹迷糊了，这家人竟是靠野菜汤挺到今天的?！要不是亲眼所见，他们怎么也不会相信，就是这锅照得见人影的野菜汤，一家人竟互相谦让着。

大队书记感到头皮发麻，捉不到贼，今天反而被这家人给捉住了。大队书记狠狠地盯了生产队长一眼。

生产队长埋着头，大气也不敢出。

面对这群不速之客，哥哥弟弟妹妹和我霍地站起来，怒目而视，哥哥攥紧了他的拳头，准备随时扑上去用拳头教训这些侮辱妈妈的人。我们也一个个跟着哥哥攥紧了小拳头！连奶奶也凶狠地盯着他们，准备随时扑上去拼了老命。我们的妈妈却用目光制止着我们的莽撞，她笑着招呼着面前的这伙“客人”：程书记，真是稀客，啊，进门都是客，快请坐，大家来尝尝我煮的汤——

他们没想到我们的妈妈把他们当成了“客人”，对他们笑脸相迎，也给了他们下坡的台阶。他们一个个僵在那里，都埋着头，不敢看妈妈一眼，甚至不敢看我们一眼。大队书记猛地抬起头，忙说，刘家嫂子不用了，大家都吃过了，我和队长来看看你和孩子，没想到你们日子过得这么难！啊，刘家嫂子，我们这就走了……大队书记话未说完，却望了我们的妈妈一眼。

我们的妈妈又送给大队书记一个放心的笑脸。

一伙人都吁了口气，逃也似的蹿出了屋子，大队书记跨出门槛时突然回过头丢下一句话：刘家嫂子，我让谢会计给你送二十斤苞米……

我们的妈妈哭了，那眼泪是她背过身去悄然落下的。不过，我们都看见了，妈妈的眼泪落在了我们的心坎上，咸咸的涩涩的。但我们的妈妈转过身来给我们的却是一个灿烂的笑脸。

三年灾难总算熬过来了，我们家可是一个都没有少，全都挺过来了。从大队书记和队长到我们家捉贼后，庄里人家家吃饭时再也听不到争吵声，活着的人也都一个个挺过了灾荒之年。庄里人一看见我们的妈妈就说，刘家嫂子，是你让我们活下来了……

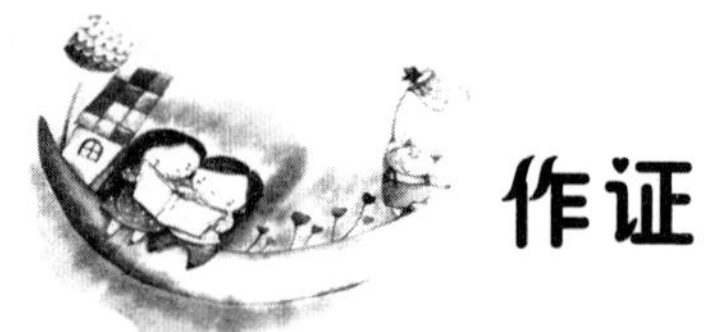

作证

庄里的孩子喜欢拢在板栗坡上喊天杀地。

孩子们在板栗坡上玩耍，大人们在离板栗坡不远的地里干活。

天地间一片静穆，静得只听见孩子们的吵闹声。

板栗坡种了大片的板栗树，当然那是许多年前的往事了，现在空旷的板栗坡上孤立着十来棵歪歪扭扭的板栗树。

孩子们在板栗坡上闹腾了小半天后，又换了一种新玩法。在孩子王大为的带领下，一个个排着队从板栗坡上往下跳，比谁跳得又远又好……

日头有些斜了，离西山还有两三竹竿子远。

孩子们一个个从板栗坡上往下跳时，地里的大人们不时地有人直起腰，瞟一眼欢快的孩子们。

板栗坡是个陡坡，有五六米高，孩子们一个个像只燕子从坡上飞下来。

突然，大为起跳时一个趔趄，从坡下摔落到坡下。

落地后，大为再也没起来，一个劲地呻吟着。

坡下的孩子们一个个呆在那里。

地里的大人们愣了一下，不知是谁先扔下锄头，奔了过去。其他的人也纷纷拢了过去。

大为……大为……大人们紧张地呼唤着。

大为动弹不得，躺在地上咧着嘴呻吟着。大为摔断了左胳膊和左腿。

坡下的孩子们也都下坡来了。哑巴不停地用双手比画着。当时哑巴就排在大为的身后。

大人们顾不上哑巴说什么，队长忙和几个人将大为送往公社医院，一边派人去寻正在公社开会的大为父亲。

大为的父亲是大队的书记。

队长一行人走后，地里的人再也无心干活，大家坐在地头上你一句我一句地说着大为的事。

孩子们在坡下傻乎乎地站着。

大为壮实实的，身子又灵活得很，咋会从坡上跌下来？不知是谁嘀咕了一声。

是呀，大为咋会无缘无故摔倒呢，是不是哪个孩子在身后推了他一把。村民王光辉说。

一定是哪个孩子推了大为一把。唐四有说。

哑巴就站在大为的身后，离大为最近。汪小波说。

我也看见哑巴就站在大为的身后。唐红星说。

大为往下跳时，我好像看见哪个孩子推了大为一把。王大鹏说。

一定是哑巴推的，别的孩子离得远，手够不着大为。

我看也是哑巴推的，哑巴这孩子虽不会说话，但平日做事下手特狠。有一次，我见他边走边拧路边的蒿子，连根也不留。

我也看见哑巴下手特狠。有一次，我见他踩蚂蚁窝，一脚狠劲地踏上去，还掂着脚跟转上好几圈，那窝蚂蚁不死光才怪呢。

……

这件事很快眉目清楚，哑巴是罪魁祸首，大为正准备起跳时，哑巴猛地在身后推了大为一把，大为没提防，猛地从坡上摔了下来。

收工时，队长从镇上赶了回来，说大为伤得不轻已转往县医院。汪书记夫妇已陪儿子去了县医院。

这时哑巴的父亲程致远闻讯赶了过来，哑巴的父亲也是哑巴，人们围上来和程致远比画着。

程致远和人们比画了一会，又转过身和哑巴儿子比画着。程致远比画完了又转过身和人们比画着。程致远告诉大家他说哑巴儿子没有推大为，是大为自己摔下坡的。

大家一齐用力比画着，告诉程致远，是他哑巴儿子推大为的，大家

亲眼见了，都可以作见证人。

程致远突然转过身，朝哑巴儿子猛扑过去，对儿子拳打脚踢着。

哑巴儿子倔着头，任由父亲的拳脚落在身上。

此时正是秋天的黄昏，天地间一片静穆。人们远远地站着，静默地看着，跟哑巴似的。

哑巴儿子昏倒在地上，在队长的呵斥下，哑巴父亲才住了手。

哑巴儿子眼角挂着泪水，哑巴父亲眼里也噙着泪水。

大为伤好出院回村了，这天夕阳西下，大为突然出现在板栗坡上。

板栗坡上的孩子们一阵欢呼。

哑巴突然猛冲到大为面前。

地里干活的大人们都吃了一惊，纷纷直起身，攥紧了手中的工具。

哑巴朝大为跪了下来，吃力地用手比画着。

大为突然拉着哑巴的手，跳下了板栗坡，朝地头跑过来。

一到地头，大为就对大家说他那天不小心踩翻了石头，自己摔下板栗坡的。哑巴并没有推他……

地里干活的人一个个呆立着，跟哑巴似的。

哑巴突然倔着头走了。临走时，哑巴突然剜了人们一眼，那目光跟刀子似的，深深地戳进了每个人的心里。

最后的心愿

窗外大树上的鸟妈妈已有两天没有归巢了，小男孩普一一直惦记着鸟妈妈的安危。三个多月，普一和大树上几只鸟朝夕相处，现在闭上眼睛也能从鸟的叫声分辨出它们的身份。

这天下午身患绝症的普一又陷入了昏迷之中，普一的亲人们再次守在病床前，与普一做着最后的诀别。

鸟……突然普一的嘴巴在翕动着，亲人们从中捕捉到了这个字。

鸟？大家面面相觑，都在心里重复着这个字。

窗外大树上凄厉的鸟叫声划破了病房里的沉寂。

大家都在心里纷纷猜测着普一想要什么？

鸟？姑姑忧虑地抬起头，望了望窗外大树上的鸟，突然俯下身说，普一，坚强些，姑姑这就让人给你买只鸟回来。

姑姑挥挥手，让司机小江立马去鸟市买只最贵的鸟回来。

普一的嘴唇又翕动了几下。

大家都忧伤地守在病床前。

半个多小时过去了，司机小江提着装有一只鹦鹉的鸟笼冲进了病房。

是只漂亮的翡翠鹦鹉。

大家的目光都落在鹦鹉身上。

小江说，听卖主说，这只鹦鹉特通人性，会说很多人话。

鸟终于买回来了，姑姑顿时松了口气。

普一，你好。姑姑突然冲鹦鹉说了句。

普一，你好。姑姑话音未落，鹦鹉跟着说。

大家都松了口气。

普一微微睁了一下眼睛，嘴巴在翕动着。

姑姑第一个反应过来，忙上前俯下身去，这回姑姑还是听见普一说了声鸟……

大家都用目光询问着姑姑。

普一还在说鸟。

鸟已买回来了，那普一还在惦记着什么？姑姑又陷入了困惑之中。

妈妈的脑子里闪过了一道灵光，她突然明白了，普一是想放生这只鹦鹉。

妈妈把想法说出来，姑姑也一下子恍然大悟。

姑姑点了点头，心地善良的普一大概想放生这只鹦鹉。

爸爸赶忙打开了鸟笼，让这只鹦鹉飞出笼子。鹦鹉在病床里转着圈，最后又回到笼子里。

姑姑将鹦鹉赶出了笼子，还让小江将鸟笼拿到病房外的大树下，这样鹦鹉就会离开病房，飞到外面的天地里。

普一，再见。姑姑说了句。

普一，再见。鹦鹉跟着说。鹦鹉飞离了病房。

普一，再见。妈妈冲鹦鹉喊了声。

普一，再见。鹦鹉的声音从窗外传进来。

普一的嘴巴又在翕动着。爸爸首先发现了，忙俯下身去，这回爸爸仍听见普一说了一个字：鸟……

爸爸的眉头一下子拧紧了，说，普一还在说鸟。

大家相互探询地对望着，都在用心琢磨着普一临终前想要什么？

病房里一阵死寂。

窗外响起一阵阵凄厉的鸟叫声。

我明白了。爸爸突然面有喜色，他欣喜地叫了一声。普一一准嫌窗外大树上的这些鸟吵到他了。

妈妈现在的丈夫，一个大个子男人首先蹿出病房，他冲大树上的鸟吆喝着，驱赶着它们。可这几只鸟丝毫不买他的账，叫得一声比一声凄凉。

大个子男人恼羞成怒，突然从地上抓起一块石头，掷向大树上的鸟。

几只鸟仓皇地逃离了大树，凄厉地叫着飞向了远方。

普一的嘴巴又微微动了动，这回大家再也没有听见那个熟悉的鸟字。

这回男孩永远地闭上了眼睛，只是他的眼角渗出两滴晶莹透亮的泪珠。

一双眼睛

这到底是一双什么样的眼睛，没有人能真正用语言描绘得出。凡是观看过画作《流浪儿》的人，无不被《流浪儿》的这双眼睛迷住了，流浪儿的这双眼睛一下子紧紧抓住了人的心，洞穿人的灵魂……这是一双什么样的眼睛呵，许多人在心底不住地惊叹。

在这个污浊的世界面前，这双眼睛是纯净无邪的；在这个喧嚣纷乱的世界面前，这双眼睛是宁静淡泊的；在这个物欲横流的世界面前，这双眼睛是清心寡欲的；在这个恶俗遍地的世界面前，这双眼睛又是沉静空明的……

画家肖人的画作《流浪儿》在龙州市的一次画展上展出后，流浪儿的一双眼睛彻底征服了参观者的心。这是一双怎样的眼睛呵，它是一双扫描人灵魂的眼睛，它是一双清洁人心田的眼睛，它是一双荡涤人心灵的眼睛，它同样是一双让人感觉耻辱羞愧让人自省的眼睛……有人这样惊叹道。

在欣赏过流浪儿的一双眼睛后，参观者不由面面相觑，大家面前的一双双眼睛显得格外的浑浊，填满着各种各样的欲望，谁也没有这么一双美的眼睛……谁也没想到我们的眼睛会变得这么可怕。人们在心中哀叹道。

画家肖人的画作《流浪儿》很快被送到省里的画展上展出，省城的观众也被流浪儿的这双眼睛彻底征服了。这是一双什么样的眼睛呵，它是一双傲视天下芸芸众生的眼睛，它是这个时代的一双眼睛，它永远让人仰望让人敬畏……有人在省报上这样撰文评价流浪儿的这双眼睛。

紧接着《流浪儿》又在全国的一次画展上展出，无数的参观者被流

浪儿的这双眼睛震住了。不久，《流浪儿》走出了国门，在一次世界性的画展上展出并获得了国际大奖，接着《流浪儿》又被一位世界著名收藏家高价买走。

画家肖人获得了巨大的成功。有人说画家肖人创造了一双人类真正的眼睛。这双眼睛给画家肖人带来了各种荣誉和金钱。

不久，有市民在龙州市的一个垃圾场发现了一位流浪儿，这位流浪儿和画家肖人画作中的《流浪儿》极其相似，特别是那双呼一模一样的眼睛。这位流浪儿应该就是画家肖人画作中的《流浪儿》。这位市民和流浪儿一起合影留念，让自己和这双人类的眼睛时刻待在一起。

事隔两天，流浪儿的这双眼睛就给这位市民带来了幸运。这位市民刚买下的彩票就中了五百万元大奖。

这位市民中奖的传奇经历像一阵风刮遍了整个龙州市。人们相信，是流浪儿的这双眼睛让幸运之神眷顾了他，给他带来了巨大的财富。

人们开始四处寻找这位能给人带来幸运的流浪儿，和他合影，和这双人类的眼睛时刻待在一起，等候幸运之神的眷顾。

人们终于在一个废弃的厂房里找到了画家肖人画作中这位流浪儿，市民们给他带来了各种美味佳肴，给他带来了各式新衣，和这位流浪儿合影，和这双人类的眼睛待在一起，等待着好运的来临。

一天天过去了，可幸运之神并没降临到大家的头上。大家买的彩票长时间一个中大奖的也没有。

市民们疑惑不解，难道这位流浪儿不是画家肖人画作中的流浪儿？甚至有人拿着照片去找画家肖人求证，得到了画家肖人的肯定答复。

流浪儿并没有弄错，可这一切又错在哪里？

终于有人看出了问题，流浪儿并没有弄错，可流浪儿的这双眼睛弄错了。现在照片上流浪儿的这双眼睛与画家肖人画作中《流浪儿》的眼睛大不一样，照片上流浪儿的这双眼睛变得跟我们大家的眼睛一模一样，显得格外的浑浊丑陋不堪，填满着各种各样的欲望与贪婪……

大家不由大失所望，这双人类的眼睛丢了，还能有什么幸运降临呢。

有市民不死心，死皮厚脸地去问画家肖人：为什么大家给流浪儿带去了那么多吃的穿的，反而弄丢了流浪儿那双原来的眼睛，而您到底给

了流浪儿什么，让他的这双眼睛跃然纸上？

画家肖人说了一句让龙州市民大跌眼镜的话：我只用了一块面包，放在流浪儿的面前，我告诉他：你要老老实实坐在我面前，等我画完了画，这块面包就是你的了……

小树成长

春天发芽啦，童小树的心也发芽啦，仿佛有一簇簇的新芽在吐翠展绿。

童小树喜欢唱自编的歌：我是一棵小小的树，迎着阳光雨露……童小树还喜欢唱：春天是播种的季节……在这个春天里，童小树觉得自己真的是一棵小小的树，迎着阳光雨露成长。

童小树是在3·12植树节那天出生的，听妈妈说，爸爸给小树取名时，想来想去不知该取啥名，后来爷爷一句话点醒了爸爸：3月12日不是植树节嘛，就叫小树吧。童小树，多好的名字，大家眼前就像有一棵小树在阳光雨露中快乐健康地成长，长成了参天大树，长成了有用之材……

童小树跟树真的有缘，咿呀学语时，童小树说的第一个字不是妈也不是爸，而是树，童小树还在襁褓之中，一看见树就高兴得手舞足蹈，甚至张开两只小手去拥抱……

在这个春天里，童小树已是一名小学三年级的学生了。3·12植树节这天，学校要组织学生去郊外开展植树活动，这是一次特别有意义的活动——参加的每个学生都能亲手栽下一棵自己的成长树。童小树第一个报名参加了，能亲手栽上一棵属于自己的成长树，他在心里憧憬已久了。这棵小树将和自己一道努力成长，历经岁月的风霜，最终长成参天大树，长成有用之材……

亲手栽上一棵成长树有多好啊，那几天憧憬与向往一下子跑到了童小树的脸上。

虽说是自愿参加植树活动，但班上同学谁也没落下，大家都盼着能

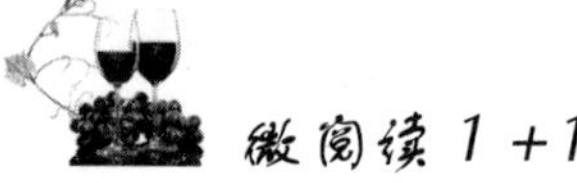

亲手栽上一棵成长树。童小树关于树的知识格外丰富，对许多树的特征习性更是如数家珍。那几天，同学们围着童小树问这问那，童小树一时成了同学们眼里的明星人物。

童小树要去植树，爸爸妈妈这边也忙起来了。妈妈特地去超市进行了一次大采购，给小树准备了一大袋子矿泉水、饮料和各种好吃的零食。爸爸这天还提前向单位请了假，陪同小树一起去栽成长树。童小树胸有成竹地让爸爸别请假了，他一个人一定能栽好这棵成长树。可妈妈斩钉截铁地说那可不行，要是小树一个人去栽树，她和爸爸怎么能放得下心呢！妈妈还让爸爸带上家中的索尼相机，用相机记录下小树人生路途上一个精彩的成长瞬间。

尽管童小树心里掠过那么一丝委屈与难受，但他还是接受了妈妈的意见。

3·12这天，天气晴好，童小树和爸爸一起到学校集中，然后又坐车前往郊外。同学们都是爸爸或妈妈陪同的，有的爸爸妈妈一起上阵，除了种树的工具，谁都无一例外地提着大包小包，一个个像是要出远门的样子。

看着车窗外生机勃勃的春天童小树突然觉得心头有些莫名地沉重起来。

植树的地方选在郊外的一处荒山坡上，坐了两个多小时的车，才到达目的地。树坑早已挖好了，荒山坡上到处是毫无规则浅浅的树坑，远远望去，那些树坑就像炸开窝的蜂群一般。

童小树突然有种说不出的失望萦绕在心头。

植树现场一度混乱不堪，童小树还是排队交上一百元钱，去领了一棵小树苗，树苗全是松树苗。童小树知道松树只有播种成活率才高，像移栽在这乱石丛生的荒山坡上又无人管理的话恐怕一个个会凶多吉少，这些小树不仅不会和同学们一道成长，只怕在这个春天里就会一天天枯萎掉。

看到同学们一个个异常兴奋，童小树也努力想让自己高兴起来。爸爸正兴致勃勃地摆弄着相机，童小树看了一眼爸爸，默默地蹲下身，将树坑底的石块淘得一干二净，又从山脚下装来满当当一塑料袋子的肥土，

铺垫在树坑的底部。没有水，童小树猛地拧开矿泉水盖子，将一瓶矿泉水洒在树坑的底部。童小树万般小心地栽好了这棵小树，他黯然神伤地站在这棵可怜的小树身边，眼巴巴地望着身边的同学和他们的爸爸妈妈。不少同学早已栽下了小树苗，正在小树旁摆弄着各种姿势，供爸爸妈妈和老师们拍照。

爸爸也在不停地给童小树拍照，童小树突然回转身，发疯似的跑向山脚下。

爸爸愣了一下，叫了声小树，你咋啦?

童小树没有应声，他一个劲地奔跑着，耳边仿佛是满山坡小树苗的哭泣声，童小树咧了咧嘴，想哭终于没哭出声。

在心底，童小树坚信这满山坡的成长树一定会迎着阳光雨露快乐健康顽强地成长，长成参天大树，长成有用之材……

越位

局长200元，副局150元，科长100元，科员50元，凡是捐款，局里一向依照大小职位有个约定俗成的排排座。每次捐款，大家都会对照着排排座捐自个的数，谁也不会多捐一分谁也不会少捐一分。

市里又在发动机关工作人员捐款，这次捐款是市长倡议的。市长在龙州的媒体上看到了有关弃婴小江江的新闻报道，生命垂危的小江江牵动着市长的心。市长百忙中抽空专程去医院看望了小江江，并在市直机关发出倡议——为小江江捐款。

市直各机关自然闻风而动，局里也积极响应，第二天就为小江江举行了捐款。

那天晚上陈家起正好在家看到了龙州电视台关于弃婴小江江的连续报道，出生才几天的小江江让父母扔在了荒郊野外，被村民们发现送进医院时可怜的小江江已在野外度过了两天两夜，风吹雨打，身体爬满了虫子，被虫咬伤后细菌感染导致败血症等，不少器官出现了衰竭的现象……那一幅幅惨不忍睹的画面一次次挤压着陈家起的胸膛。

第二天，站在捐款箱前，陈家起脑子里还在跳动着那一幅幅惨不忍睹的画面，小江江那张遍布伤痕的脸在眼前晃动着，那双求生的眼睛也一下子抓紧了陈家起的心。陈家起来不及多想，就将衣兜里仅有的200元一起投进了捐款箱。

时间仿佛在那一刻凝固了，仿佛只听见钟表嘀嗒嘀嗒的声音。

家起，你不知道你将200元投进捐款箱时，台下有多少双眼睛瞪大瞪圆了死死紧盯着你，大家都把你当成了一个大怪物，互相用目光询问着：这陈家起是咋啦？一出手就捐了200元，他咋捐了局长的数？他咋忘记了自己普通科员的身份？他咋越位了，忘了自个该捐的数？200 元，这可是汪局长捐的数呀。家起，那一刻你可风光啦，连汪局长和几个副局长都盯着你望了足有几十秒之久。

下班后，一同在局里上班的老同学梁海贤对陈家起描绘着当时的情景。

那天陈家起都不知道自己是咋回事，捐款后，是怎样离开捐款箱前的，是怎样回到台下捐款的队伍中。陈家起竟一点记忆也没有，他的脑子里全是那个可怜的小江江。

陈家起只是一个普通科员的身份，他捐的数应该是 50 元，而不是 200 元，200 元是汪局长捐的数。他想跟大家解释自己是在心里同情可怜小江江才捐的 200 元，恐怕局里没人会听信他的话，都会认为他藏有什么企图，而这事会越描越黑。

看来这回真的越位了，而且是当着全局一百多人的面。当时捐款现场一定寂静无声，他一下子把自己晒成了大家的“焦点”。陈家起想想有些可怕，也有些后悔，他在机关里泡了十多年，一向循规蹈矩，一无背景二无钻营溜须拍马之术，也容不得他有什么非分之想。可这回，他陈家起把自己十多年树起的老实本分的形象给毁掉了。今后，局领导怎么看他？同事们怎么看他？大家会不会认定他是一个对现实不满的人？甚至认为他是一个有野心要时刻提防的人？……

和老同学梁海贤分手后，陈家起一个人慢腾腾地往家走，他想着今后在局里的日子该咋混？仅这大半天，他就有种被投进了蒸笼里蒸煮的感觉，这往后还有一二十年，一年又有 365 个日子，他还不天天在蒸笼里蒸煮着。

路过一个彩票投注站时，陈家起的目光无意中落在并粘在了黑板上的一行字上——本站中万元大奖。

翌日，上班时陈家起竟破天荒迟到了，走进办公室时，同事们都笑眯眯地一齐望着他，有一个叫沈志向的同事走过来拍着他的肩膀说，家起，真有你的，都中了万元大奖，还藏得不露声色，要不是这次捐了 200 元，我们咋会想到你中了万元大奖。家起，这回你该请大家了……

看来中万元大奖的事已在局里传开了。陈家起笑了笑，连连说，请，

一定请，今天晚上我做东，请咱科室的人去吃烤全羊……

这天，大家见到陈家起都笑眯眯地招呼着，恭喜他中了万元大奖。有的还把陈家起扯到一边，要找时间向他取经，要他毫不保留地传经送宝。这天，汪局长也遇见了陈家起，平易近人的汪局长朝他点了点头，笑眯眯地说，家起，你中了万元大奖，咋一个糖也不见。陈家起堆起笑脸，忙说，局长，我咋忘了这事，谢谢局长，我这就去补上。陈家起心中的愁苦一下子云消雾散，他有种重见天日的感觉，忙去超市买了一大袋子糖果，一个科室一个科室地发，特别是几个局领导，一人一小袋子糖果。

晚上，陈家起又高高兴兴地请同事们去吃了顿烤全羊。

这天晚上，很少喝酒的陈家起醉了。

一回到家，陈家起跑去卫生间翻江倒海地呕吐着。

女人冷冷地说，陈家起，你今天是咋啦?

陈家起笑了，说，高兴！今儿个心里特高兴，我都中万元大奖了，演了一出戏……陈家起突然又呜呜地哭了起来。

女人怔了，有些措手不及。

向解放

解放是解放妈解放前怀上的，解放后不久解放就呱呱落了地，解放妈是地主婆。地主婆的男人刚解放就吃了枪子儿。解放一生下来就再没见到爸的面了。

地主婆给儿子取名叫红心——一颗红心向着党。大队王书记一听这名字就打喷嚏了，对地主婆说，地主崽的心也是黑的，哪会是红心，你怀的是旧社会的种子，却在新社会里萌芽了，就叫解放吧！我看这地主崽要是不叫解放的话准会着大地主向崇文一样的道。

解放妈千谢万谢，感谢王书记给取了个好名字。大队书记给解放取的这名字日后倒成了挡箭牌，庄里一帮孩子常围攻解放：向解放你一个地主崽凭啥叫解放，你该叫一辈子打倒。接着就喊打倒向解放。解放也跟着一起喊，不能打倒解放，解放这名字是公社王书记给起的。

庄里的孩子都愣了，这名字真要是王书记取的，是不能随便打倒的。有的孩子回家一问，这解放的名字还真是王书记当大队书记时给取的，庄上再也没有人能随便打倒解放了。

解放和母亲相依为命。解放妈是大小姐出身，知书达理，待人谦和。解放爸乐善好施，在四乡八里口碑一直不错。平日里筑桥铺路，荒年开仓救济灾民，手上没有直接的血债，但有间接的血债。解放爸和杀人如麻的县长过往甚密，还多次捐钱给县保安队购买枪支弹药，这些罪恶的子弹不知让多少烈士倒在血泊中，壮志未酬。解放爸还是吃了枪子儿。庄里也没人真为难这孤儿寡母的。母子俩的工分少，日子过得清苦，但解放妈对解放管教甚严，一盏油灯下，每天晚上都教解放读书识字一直到夜深人静。解放跟他妈一样，也是识了一肚子的字读了一肚子书的。

在庄里人的眼中，解放越长越俊朗，再添上几分书生气，庄里人都在心上感叹：这地主崽长得真是出挑，可拔了人尖儿。

到了成家的年龄，解放的亲事却一直没着落，哪个女子不怀春，这四乡八里有不少姑娘对解放动过心，但又都被他地主崽的身份挡住了步子。这谁要是嫁了他，日后子孙后代怕是也跟着戴上了地主崽的帽子。解放妈也托庄里的女人帮介绍，但大家嘴上应着，就是不见有动静。有的还酸溜溜地说，这解放长得跟画儿似的，你甭操心，还怕找不着媳妇儿，这姑娘梦里都盼着能嫁解放呢。

这解放还真没找上媳妇，解放也喜欢上庄里一个叫利芳的姑娘，姑娘也喜欢他，最终还是叫利芳的父母生生给拆散了。

解放一晃成了"大龄"青年。解放的母亲忧劳成疾，撒手西去。临走前，母亲攥着解放的手叮嘱，解放你可得答应妈，把王书记的傻女给娶了，解放，可千万不能让向家在你手上断了香火，王书记那傻女是傻了点，相貌并不差，妈知道是委屈了你，可她爸如今是县上的书记，生儿育女传宗接代哪样也不会少。日后，你在乡里也抬得起头。解放，你得答应妈，不然妈拿啥脸去见你爸。

泪水浸满了解放的双眼，解放点着头答应了妈。

母亲平静地离开了尘世，脸上还带着笑意。

送走了母亲，解放托人去书记家给自己提亲，女大当嫁，王书记正为傻女的亲事发愁，没想到姑爷自己送上门来了。心想，傻女要真嫁了解放，还真不枉来这世上走一趟。王书记满口答应，并说婚事由他来操办。王书记也怕夜长梦多，赶在七七里将两人的婚事办了。婚礼很热闹很风光，王书记对这个女婿很满意，当着众人的面夸解放有学问。

解放却在婚宴上醉得不省人事。

不久，王书记就给解放换了个名字，王书记说解放这么多年了，现在你是我的女婿了，觉悟也同以前不一样，就叫新生吧。

解放就成了新生，或者说解放没变，只是名字变了而已。

不久，傻女就怀上了，几个月后，一个大胖小子就呱呱地落了地。解放当了爸，抱着儿子哭得很伤心。傻女见了问新生，生了个儿子你咋不乐意？解放说乐意。满月那天，解放抱着儿子给母亲上坟，扑通一声跪下来，说："妈，傻女给向家生了个儿子，也续了向家的香火，妈，你可以在九泉下瞑目了。"

王书记给解放在公社谋了份差事，解放住在公社的宿舍，很少回来，回来也不再和傻女同房，把自己关进了书房，读书写字，一直到深夜。王书记的夫人怕女儿亏待了外孙，周岁后就将外孙带在了自己身边。

庄子里有人看出了端倪，悄悄地拽着傻女问：那新生如今对你咋样？新生夜里还骑在你身上吗？还拿棒棒呛你吗？

那死鬼早不骑我，骑他儿子去了。傻女笑嘻嘻地说。

庄里人就叹气，这傻女也真够傻的，解放满肚子学问，要不是为了传宗接代，咋心甘情愿跟傻女睡一个被窝里。

上世纪八十年代，解放辞去了在公社的差事，奔城里去了。解放先是在城里开了家饭店，后来还承包了工程，干起了包工头，不久解放开了一家建筑公司，搞起了房地产开发，生意越做越大，成了龙州市民营企业的老大。

村里人都感叹，还是地主崽精明，才几年的工夫就成了龙州的首富。村里人说，这解放早就跟傻女分居了，这下子发迹了，怕是要同傻女离婚的，解放现在要啥样的女人找不到。

傻女依旧住在乡下，解放请了个保姆，专门伺候傻女。解放偶尔回来住一两天，或给母亲上坟，除了司机，解放是独来独往，谁也不见解放带别的女人回来。村里谁也没听说解放在城里找别的女人的传言。

解放不仅没离婚，甩了傻女，而且渐渐回乡下的次数多了起来，傍晚时，解放常和傻女一起在村头溜脚，有村里人背地里悄悄问傻女，解放和你睡一张床吗？

傻女笑嘻嘻地说，睡呀，解放回来就和我睡在一张床上。

解放还骑你吗？

有时骑，有一次解放骑过之后还哭了很久。

村里人都觉得不可思议，这解放简直就成了一个迷，谁也琢磨不透他到底是个什么样的人。

谁也没想到，60 岁时，解放突然把龙州的十几家公司全都交给儿子经营，自己归隐田园了。据说解放只随身带回了一个账本。

回乡后，解放天天陪着傻女在村里溜脚，朝看晨曦，暮看夕阳。解放天天埋首书房，读书写字，不问世事。解放还把王书记取的名字又改了回来，仰天长叹说我这回不叫新生，叫解放了。我彻底把自己解放出来。

后来，夜深人静时村里有人听见，解放书房里迸出骂娘的声音，还夹杂着解放的哭声……

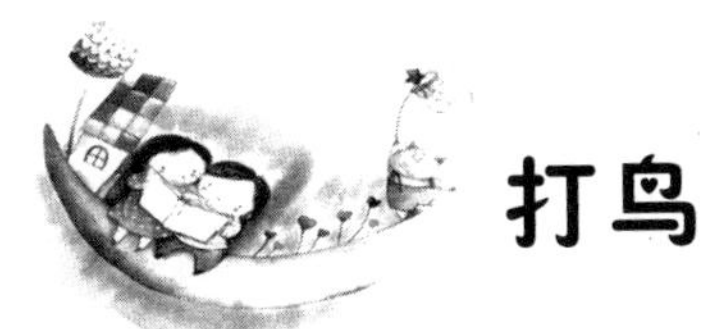

打鸟

这只鸟就在打鸟人的枪口瞄准它扣动扳机时，从这棵树飞到了那棵树上，这只鸟每次把逃生的时机都把握得恰如其分，枪子几乎是擦着它的身子飞过去的。

这才叫临危不惧。

打鸟人想起自己跟王小淖的事，处处被动处处挨打，哪有这只鸟的半点风度。

打鸟人实在琢磨不透这只鸟！这只鸟没有被一次次的枪声吓倒，没有从他的枪口下逃之夭夭。这只鸟一次次放弃了逃生的机会，也一次次赢得了生命。

他还是第一次遇到一只谜一般的鸟。

这只鸟高傲地站在树上，永远用一双冷峻的黑褐色眼睛扫视着他。

打鸟人被这只鸟激怒了，心里有些发毛，这只鸟居然一点拿他不当回事，令他备受侮辱与嘲弄。打鸟人眼前晃动着下属们那一张张谦恭卑怯的面孔。

在单位里，下属们不是叫他 1 号就是喊头。打鸟人莫名地笑了一下。

妈的，不能让一只鸟给灭了威风。我要让枪口征服你。

这只鸟飞到另一棵树上，这回打鸟人并未举起枪，他冷眼打量着这只鸟，这鸟和平常的鸟没什么两样。打鸟人突然举起枪，胡乱地放了一枪。树叶纷纷扬扬地落下地来。打鸟人以为这只鸟会飞走，没想到这只鸟泰然自若地伫立着。

打鸟人愣了一下，他不知道鸟是他的猎物，还是他成了鸟的猎物？这跟他目前的处境非常契合。当年他与一身女人味的王小淖不期而遇，

王小淖的美丽让他心动了，他向王小淖发动了猛烈攻势，王小淖最终成了他囊中的猎物。现在，王小淖向他下了最后的通牒，限他在三个月内离婚，跟她结婚。否则他和她的关系将大白于天下。

现在他反过来成了王小淖的猎物。

打鸟人又举起了枪，这回他的枪口瞄准了这只鸟，却引而不发。他一定要主宰这只鸟的命运。打鸟人的手扣在扳机上，他可以随时扣动扳机，也可以永远不扣动扳机。打鸟人让这只鸟捉摸不定，从他这里找不到何时开枪的答案。

打鸟人在琢磨着这只鸟。一旦那只鸟放松了警戒，子弹就会准确无误地飞向它。

这只鸟也在琢磨着他。

现在他和王小淖在一起，他要处处提防着王小淖，王小淖也在提防着他。他发现王小淖并不像他当初想的那样简单，王小淖是个很有心计的女人，而且心机还藏得很深。她已让他身不由己地落进陷阱里。

打鸟人猛地扣动了扳机，没有给这只鸟一丝一毫逃生的机会。没想到这只鸟还是在枪响的同时飞走了，飞到了前方的一棵树上。

打鸟人有些失望，他不知道这只鸟是如何做到未卜先知的，就在他扣动扳机的那一刹那间逃生。

这只鸟看着打鸟人，眼神里透着冷峻和不可侵犯的神态。打鸟人与这只鸟的眼神相遇时突然打了个寒战。打鸟人突然明白了，这只鸟利用了他的弱点来战胜了他。王小淖也利用了他的弱点，他和王小淖的关系不仅见不得阳光，还有他那些受贿的事，王小淖也了如指掌。这些都是他的致命弱点，一个人的致命弱点一旦掌控在别人手中，哪只能注定是别人手中的棋子。

对这只鸟来说，打鸟人的一双眼睛就是它眼中的致命弱点。在打鸟人将要扣动扳机之际，这只鸟就从先打鸟人的眼睛里洞察到了。这只鸟总能在枪响之际镇定自若地飞走。

打鸟人对这只鸟有了莫名的畏惧，这只鸟不仅洞察了他的灵魂、欲望，还似乎洞悉了他的一切……

就像王小淳，她在他心中留下的更多的是害怕与畏惧。

打鸟人的枪口又瞄准了这只鸟。他出生于警察之家，打小对枪着迷，后来当了一段时间警察，练就了百发百中的好枪法。这几年他常到山林里打鸟，他想打下哪只鸟，这只鸟就不会再有第二次生命。

但眼前的这只鸟却是个例外。

打鸟人的枪口瞄准了这只鸟后，他索性闭上了眼睛，然后又猛地扣动了扳机。他如释重负地吁了口气，这只鸟这回一准丧命了。打鸟人睁开眼时，只见这只鸟正站在前方的另一棵树上。

这只鸟正看着他。冷峻的眼神让打鸟人不寒而栗。打鸟人重重地叹了口气，他心底的欲望太重了，这只鸟洞若观火，从容自如地应付他，甚至操纵他。

打鸟人有些丧气，无奈地看了这只鸟一眼，打算放弃这只鸟，远离这只猎物。这只鸟仿佛在制造一个陷阱。

打鸟人转过身，往树林的另一个出口走去。

王小淳绝不会放弃这个到手的猎物，他得尽快找到王小淳的致命弱点，才能反败为胜。

打鸟人的目光突然触到了眼前一棵树上的一处鸟巢。打鸟人心中一动，他突然明白了这只鸟的致命弱点在哪。

打鸟人回转身，快速返回原处。打鸟人在第一次与这只鸟相遇的那棵树上找到了一处鸟巢。

这处鸟巢就是这只鸟的致命弱点。

打鸟人眯着眼睛，枪口瞄准了鸟巢。

这只鸟突然出现在打鸟人的视线里，它凄凉地叫着，哀伤地扫视着打鸟人。

打鸟人慢慢地将枪口对准了这只鸟，他猛地扣动了扳机。

这只鸟凄厉地叫了几声，身子从高高的树上坠落下来。

打鸟人听见鸟巢里传来几只小鸟此起彼伏的回应声。

打鸟人垂头丧气地走过去，双手捧起地上的鸟，这只鸟用哀伤的眼神看着他，然后紧紧闭上那双黑褐色冷峻的眼睛。

打鸟人没有丝毫的喜悦，觉得自己变成了这只鸟的猎物。

鸟巢里几只小鸟凄惨的叫声让打鸟人想起了女儿，每次他和妻子吵架离开家时，女儿都会用一双哀愁的眼睛望着他。

打鸟人擦了擦眼角的泪水，用随身携带的刀子在大树旁挖了个坑，然后小心地把这只鸟埋了。

吃苦

我是王成的秘书，王成走到哪都捎上我。我常跟在王成的屁股后面，晃荡在龙州大大小小的场面上。大家热乎乎地喊他王哥，从酒楼的服务员到政府官员都一口这么叫。只有我正儿八经地叫王总。在一片王哥的叫声中，我的叫声很扎耳。

王成人精瘦精瘦的，一眼看去不像个有钱人。我至今没搞懂王成当初选秘书时咋一眼看上了我。

有次，王成热乎乎地贴在我耳边说，小兄弟，我也是苦过来的，以后叫我王哥。目光落在王成粗大的手掌上时，我下意识地缩了缩手。我的手和王成粗大的手一样，也是苦过来的，吃了不少的苦头。

王成的嘴角露出一丝笑意，他刚才一定瞧见我那个下意识的动作。我突然明白王成选秘书时咋一眼挑上我。

我照旧叫王总，别人咋喊是别人的事，我一个做秘书的，可不能乱了规矩。

下一次，王成还是热乎乎地贴在我耳边说，小兄弟，你不愧是个读书人。

我望着王成，眨巴着眼。

读书人认理儿。王成嘴角露出一丝笑意。

是死理。我笑着接了一句。

王成不再让我喊王哥。

王成是做房地产生意的，最早涉足地产开发的，龙州地产界的老大。王成身上没有一丝富贵气，很容易和人打成一片。饭桌上王成喜欢对人讲他当年那些在外打工的故事。

我是吃过大苦的。王成开口第一句就说。

大家立马来了精神，双眼急切切地盯着王哥。

王成说了一段在东莞某厂打工的苦难经历。

大家听得很起劲，都在心中感叹：想不到大富大贵的王哥竟经历了这么多的苦难，吃过这么多的苦，真让人想不到呀。吃过那么多苦的王哥有一天终于富贵了。大家脸上无不透着羡慕。

我也睁圆了眼，张着嘴巴望着王成，陶醉在王成历经磨难后挣来的富贵中。

王成一次次同人分享他的一段段苦难的经历。

他在某地下煤窑的经历。

他在某地电子厂的经历。

他在某地当推销员的经历。

他在某地工地上的一段经历。

……

我发现，王成真是啥样的活都干过，啥样的苦头都吃过。我相信，王成正是吃了这么多的苦，后来才积累那么多的财富。

大家都怀着和我一样的想法。我们无比满足地走进王成的故事。那些酒楼的服务员甚至为王成掉下了不少眼泪。

王哥，那些年你真不容易。有女孩泣不成声地说。

王哥，你吃过那么多的苦，也该享享福了。

王成像回到他经历的那些苦难的年月，他一次次感慨地回味着，这时的王成不像个成功的地产商人，不像个拥有亿万身家的富豪，这时的王成像个平常的打工者，历经苦难的打工者。

王成走到哪都受人欢迎。那些酒楼的女孩子一见王成大老远就热闹闹地喊：王哥，王哥。我们想听你讲故事。

好，王哥答应你，一准讲。王成笑成一团。

不知听过多少回后，我猛地发现了问题，王成在讲自己过去的故事时老犯一个错误，王成老把时间弄颠倒，前后对不上号。如某年某月，王成这个故事里是在广东打工，那个故事又说成在东北某地干活。

有一次，在王成办公室，我忍不住问，王总，那些故事真的是你亲身经历的？

小兄弟，我就早料到有天你会问我这句话。王成笑着说，小兄弟，这些事儿都是我瞎编的，我说的全是瞎话，自己哄自己的。

我吃了一惊，张着嘴巴望着王成。我不知道王成这么一个大老板，竟给自己编了这么多吃尽人生苦头的故事。

小兄弟，你不知道，我真盼自个吃过这么多的苦头。王成望着我说。

我还是张着嘴巴望着王成。

小兄弟，你想想，我天天同政府官员打交道，拿地改规划，哪样不得请客送礼，哪天不在装孙子，给人当孙子。我就想，我不干这些当孙子的事多好，我去打工，打很多份工，虽然吃了苦头，但至少人是快乐的。哈，我就这样开始讲起故事，讲自己过去经历的苦难，吃的那些苦头。我一讲这些苦头心里就好受些，也快活多了。好在我天生一双粗大的手，竟没人相信我是编造出来的。一来二去，我竟迷上了这种生活。我简直上瘾了，有时忍不住一张口就讲，那些故事就像是自己亲身经历过的。

我合上嘴巴，我终于理解王成了。

我发现我也听上瘾了，明知王成经历的苦难吃的苦头都是假的，我还是同大家一样，心头像醉了酒又像抹了蜜般，听得有味，听得上心。我和大家一样甚至在心头生出几丝担忧：王成哪天不再讲自己经历的这么多苦难吃的这么多苦头时，那我们活着多没意思呀。

洪一刀

洪有福绰号洪一刀，虽是个屠夫，但他识文断字，素以翩翩书生自居。

洪家祖上以杀猪为生计，到了洪有福手上已是第五代。他接了杀猪刀后，给自己立下规矩，只管杀猪，其他的活一概不理，由帮手干。一年到头洪有福着长衫，斯斯文文，一身洁净简朴，杀猪时也从不捋袖子，一刀过后，身上却滴血不沾，然后净手进屋悠然地喝茶谈天。

看洪一刀杀猪是一种享受，是一种对生死的了然与顿悟。洪一刀杀猪时，会有一大片村人围观，现场除了猪的哼声，一片静寂。别的屠夫杀猪，一刀捅下去，猪发出绝望痛苦的号叫声。洪一刀杀猪，那一刀不紧不缓地送出，猪发出快乐的哼唱声，简直不是去赴死，像是奔着极乐世界去的。洪一刀抽出刀子，猪血流尽了，那猪却还在门板上一个劲地哼唱。一刀之下，猪竟是这等快活的死法，把场上的人给看呆了。此时洪一刀早闪进屋里喝茶，场上的人脸上个个笼罩着一团紫气，仿佛从刀口下滚过一遭，一句话也说不出。

也有屠夫眼瞅着不服气，可同样一刀下去，结果却是天渊之别。不仅猪的叫声不同，洪一刀杀的猪，猪肉质红鲜润，煮熟后香嫩爽口。别人也就打心里服气，这洪一刀还真是神人，杀猪竟杀出这等境地。

说来也怪，那些猪也愿死在洪一刀的刀下。那年，青河的庄稼连年丰收，年猪比往年都多，洪一刀那一时排不上号，有些人家等不及，只好请别的屠夫。有一家的猪死活不愿被别的屠夫宰杀，在村里乱窜，十几条壮汉也拦不住。情急中有人想到洪一刀，只好把他请来救急。洪一刀到了跟前，猪立马不蹿了。那一刀洪一刀格外用心，事后洪一刀说这猪通人性，得用心好好送它上路。

这事在青河传为奇谈。

洪一刀喜读诗书，洪一刀说读书别读死书，要进得去出得来。譬如人有人道，猪有猪道，这世上万物有自个的道。最好各走各的道，人自诩为万物之灵，不顺应天时，常去占别个的道，这人就有灾难，遭报应……

青河人听得一头雾水，似懂非懂。

洪一刀为人却让人说不上好坏，他生活俭朴，素衣素食，对自己抠得很，对别人也很抠，屠宰钱从不赊欠，不管是谁，从不少一文，斤是斤，两是两。洪家几代都是青河的大户人家，洪一刀却像掉进钱眼里，比起青河那些积德行善不留姓名的善人就差天远地远了。

青河民风淳厚，总有人积德行善不留姓名。哪家日子过不下了，哪家断了炊烟……总有人悄悄地从窗户往灶台上扔上几块银元，助人度过灾荒。

青河人对这些不留姓名的善人一直心怀感激。因此青河有不少人对洪一刀嗤之以鼻。

说洪一刀只认钱不认人有些屈了他，事实上他只管自己那一刀，家中田租地租及铺子上的事从不插手，都由女人去操持。大概洪一刀一年到头读书习字，冷落了女人，女人竟和家中一个叫谢长青的帮工好上了。

这事在青河传得人尽皆知。青河人都说，怪了，这洪一刀连猪都服了他，咋连女人也降服不了。

有老人实在看不下去，委婉地提醒洪一刀。

谁料洪一刀哈哈大笑，说早知道女人和谢长青的事，这人生在世，也就几十年光阴，来这世上一遭委实不易，既然他俩在一起都觉得快活，我又何必挡他们的道。

青河人听得目瞪口呆，都在背地里骂洪一刀孬种，这世上竟有男人心甘情愿地被人戴绿帽子，这手中的杀猪刀是干啥用的。

女人听说了，心生羞愧，毅然和谢长青断了往来，再无二心。

新中国成立后，土改时洪一刀被划为大地主。当年的帮工谢长青参加革命，得势了，当上青河工作队队长。谢长青硬说洪一刀一直暗中资助国民党县大队，残害百姓，要将洪一刀就地正法。

被五花大绑的洪一刀只对谢长青说了一句：天作孽，犹可恕；人作孽，不可活。就再也无话。

洪一刀女人从枪口下救了男人的性命。

女人告诉青河人洪一刀就是大家心中积德行善不留姓名的大善人。青河人起先不信，女人一五一十地说出哪年哪月哪日扔在谁家灶台上是几块银元。

这下，青河炸开了锅，每个穷人家都受过洪一刀的恩惠，就连有些中农灾荒之年洪一刀也暗中接济过。青河人内心羞愧，这么多年，大家竟不知洪一刀就是大家的恩人，还一直错怪他。

这洪一刀，读书把自己读成了神。

洪一刀成了青河人心中一尊任何人不容亵渎的神。

谢长青要让洪一刀人头落地，青河人当然不答应。最后谢长青被调去别的地方当工作队长，但他色心不改，事隔不久因强奸妇女被枪决了。

经此一劫，洪一刀再也未操刀杀过猪，此后足不出户，潜读诗书，舞文弄墨，且从不示人。

洪一刀卒于85岁，无疾而终，死前为自己选好墓地，将所著诗文字化为灰烬，不留痕迹。那个多少人都想得到的他杀猪的一刀秘诀也一同埋进了沧桑的历史之中。

过冬

大水牯老了，呼哧呼哧地喘气。王百顺觉得老掉的还有王百顺，一个死老头子，也在大冬天呼哧呼哧地喘气。

人是骆驼，牛也是骆驼，大水牯闲了一季庄稼就老掉了，人闲久了也把人荒掉了。王百顺觉得自个同那些上好的庄稼地一般荒了一季。

老天一天天冷了，院子空落落的，一棵孤树扯着几片枯叶，在风中不安生地抖动着。

王百顺瞅着那几片老掉的叶子，一天天过了，那几片叶子还顶在树头上。没了庄稼地，这个冬天又冷又长，好歹有大水牯陪伴着，还有那几片瞅得见的叶子，王百顺感到这个冬天还能过得到头。

那天，王百顺往树上瞄了一眼，树上的叶子丢了一片，王百顺的心像被揪掉了一瓣，蓦地一疼。他在院子里寻了老半天，就是找不到那片走丢的叶子。他的目光翻过墙头，同那片叶子一样，不知被风挟落在哪个旮旯里，慢慢地和泥土成了一家人。

叶子很快在树上都待不住了，一个个翻过了墙头，去了该去的地方。

大水牯呢？它该去的地方又是哪儿？儿子一平来过好几趟，有次话不知怎么就溜到了大水牯身上。一平细声地说田地没了，这大水牯养着也是白养，还不如趁早送进包大麻子的屠宰场，大水牯咋说也值这个价。一平说着就打住了，溜着父亲的脸色。

王百顺不说话，狠狠地溜了儿子一平一眼。一平不成器，在一些村人撺掇下，竟把一百多万的征地补偿款都拿去赌光了，还要来打大水牯的主意。

一平，这人撞了一回墙，不能再撞第二回，人有手有脚的，还怕找

不到一口正经饭吃。

一平一声不吭，忙低头溜了出去。

王百顺走到院子里，院子空落落的，大水牯在牛栏里慢腾腾地嚼着干草。大水牯近来吃得少多了，往年过冬时，王百顺一天要背一小捆干草进去，大水牯一个冬天养得精壮壮的。天暖和点，王百顺就牵着大水牯出来遛弯，人在前，牛在后，将冬天空旷的原野搅得热烘烘的。

王百顺叹了气，心还在一平身上溜着。哎，这世道变化太快了，家说没就没了，一觉睡醒了眼前的一切都走了样子。一平他们哪经得起这样的起落。

院子外连着田野，轰鸣的推土机挖掘机在使劲平整着空地，明年九子岭这片天地将立起一座汽车新城。这个冬天九子岭不得安宁了，有时王百顺走到院子外，像突然到了一个生疏的地方，几十年生活的痕迹和记忆竟在这片空地上一丝也寻不到，这片大得无边的空地将乡村过去的一切深藏起来了。王百顺呆呆地，像失了魂似的。

王百顺很少出门，他时常呆坐着，听着大水牯慢腾腾地嚼着干草的声音。今年过冬时大水牯跟他一样，不愿出门溜达。大水牯不愿面对空落落的村子，更不愿看见变了模样的田原，它也找不到自己的过往。牛是通人性的，那么人呢？人都掉钱眼里了，人为了钱啥都干得出。

王百顺又想起一平，在心底不住地叹气。

村里家家都搬到城里的闹市区住了，只剩下几个老家伙孤单地死守着空落落的村子。王百顺不孤单，有大水牯相伴着，冬天就慢腾腾地过。过完这个冬天，再图来年。来年会是个啥样，王百顺也不去指望，过一天是一天，明年他会在哪儿过冬，大水牯又会在哪过冬？王百顺一想起这些眼前事心就一阵阵疼。

人和牛都是骆驼，人有时跟牲口的命是一样的。王百顺有时瞅着大水牯老半天，忍不住就落了泪。大水牯静静地望着他，眼底落满了泪。有时王百顺老半天瞅着院子里光秃秃的孤树，人生一世草木一秋，那些密匝匝的叶子早已和泥土成了一家子。

人也一样，最终像一片树叶回到大地的怀里，和泥土成为一家子。

天地活人也埋人。

小寒后，冬天愈发深了，女儿桂芳回过好几趟娘家，让他去过一阵子。大清早，王百顺就去了一趟长塘，去看看外甥。

吃过午饭，王百顺就往家赶，他心里惦着大水牯，村里人烟少，在外久了让人心里不安生呢。一回家王百顺就奔着牛栏去了，牛栏里空落落的，大水牯不见了踪影。

王百顺身子一下子空落落的，他突然号了声：畜生，你连一头牲口都比不上。王百顺突然撒开腿，发疯地往镇上跑。

在包大麻子的屠宰场王百顺找到了大水牯，大水牯被宰掉了，只剩下一张皮堆在角落里。王百顺突然呜咽着号叫了声：一平。他盯着大水牯的一张皮，不住地落泪。

王百顺见过包大麻子杀牛，将牛的四条腿绑在铁桩上，然后用榔头猛击牛头……王百顺觉得包大麻子干了一辈子伤天害理的事，打心里不大看得起他。

王百顺伤心地抱起大水牯的一张皮，旁边的小工拦住他，正好包大麻子走过来，见到他惊得张了张嘴巴。王百顺摸出三张百元票子扔给包大麻子，披着大水牯的皮往外走，一路走一路哞哞哞地号叫着。

翌日，一平在院子里发现父亲早已咽了气，王百顺照着大水牯的死法，披着大水牯的皮，将双腿绑在院子里的树上，用一把铁锤猛击在自己的额头上……

一平呆了许久，在一片混沌中，他突然听见哞哞哞地号叫声，那是父亲的叫声，他的心陡地被唤醒了。

进城

灯盏坐在阳台上眯着眼看天，阳台宽大，朝外挑出一大截，灯盏蜷着身子搂着牛轭窝在木头沙发上，一看就是大半天。

天是龙州的天，灰不溜秋的，满脸抹着病怏怏的菜色，哪像一张堂堂正正汉子的脸。九子岭的天那才真叫一张亮堂堂汉子的脸，气象万千，旺着人和万物。天蓝的时候蓝，蓝得纯净；青的时候青，青得发亮。天上白云一朵一朵的，像放着一只只羊儿。

看着看着，灯盏就觉得龙州的天变成了九子岭的天，九子岭的天一年到头都跟人贴得近，走在硬邦邦的土路上，抬头望一眼天，那天就成了人心底的天空。灯盏摸一摸胸口，就摸到蓝莹莹亮晶晶的天，就摸着那一只只羊儿了。

抬头望天，眼前只剩下龙州的天了。九子岭早变成龙州新区，九子岭的天也改叫龙州的天了。

灯盏窝在阳台上，再摸一摸胸口，摸不到蓝莹莹亮晶晶的天，更摸不到一只只羊儿了。灯盏觉得自己老掉了，眼花了耳聋了，老掉了也好，就能迷糊糊地把龙州的天当作九子岭的天。

一想起九子岭，灯盏的胸口就一阵阵发痛。

光明晓得老父心里舍不下九子岭，就由着他在家使使性子，家中人气不旺，儿子去加拿大上大学，老婆放不下心也跟着去了。老父在屋里咋使性子都碍不着人。人老了，就变得跟小孩一般，都有自个的小性子，有许多可笑的想法，不耍出来，还真会憋出一身病来。

光明觉得家里放了一只羊。

九子岭被征地搬迁后，灯盏死活不愿离开，他对光明说生是九子岭

的人，死是九子岭的鬼，死后哪儿也不埋，就埋到九子岭的坟地里。光明一个劲地劝灯盏，说这事由不得人，市政府要把九子岭打造成一个新区，别说人了，九子岭的鬼都得走。搬迁是迟早的事，谁也当不了钉子，在九子岭钉不住的。

灯盏不吭声了，迷瞪瞪地望着光明，光明说的是真话，只是他心里闹不明白，一代代的人都活在九子岭，还没谁同大家抢过地，连一块埋人的地方也不给留。

一连好几天，灯盏谁也不搭理，光明来九子岭看他，灯盏就走到一边，望着九子岭的天发呆。老伴走了多年，灯盏一个人孤单惯了，光明来了，他反倒不习惯了。光明是来接他进城的，每次光明都空手返回城里，灯盏拖一天是一天，这九子岭埋有王家世代的根儿，还有灯盏的魂儿，九子岭这方水土，养得就是活在九子岭上的一辈辈人。哪一辈人又离得了九子岭呢，可眼下，九子岭人一下子散了，一夜间散个精光。那些推土机成天轰隆隆，把九子岭翻了个天，闹心得很。

一想起这些糟心的事，灯盏的眼湿了，胸口就一阵阵发痛。

该走了，九子岭变了天，不留人了。走前，灯盏背着手，绕着九子岭溜达了好几圈，把九子岭的山山水水一草一木都看在眼里，记在心上。

跟光明进城时，要带走的东西都是光明一手去挑拣的，灯盏只抱着一副牛轭闭着眼悠然地定在院子里的石凳上。

上车时，灯盏搂着牛轭猫进光明的小车。光明愣了下，嘴巴动了动，却啥话也没说出口。这付牛轭是檀木的，是王家的先人在深山上发现了一棵形似牛轭的檀树，遂伐回家请人做成牛轭，传了十几辈人，不知套过多少头牛，将九子岭的田地翻过多少遍了。牛轭浑身锃亮，散着一头头牛的气息。光明想不明白灯盏连一百多万的征地房屋征迁补偿款都一个子儿不要，全落进他的腰包，却舍不下这一副牛轭，龙州城里又没有一头耕田种地的牛，这牛轭又能派上啥用场。

进城后，光明才发现牛轭竟被灯盏派上了用场，灯盏常搂着牛轭窝在阳台的木头沙发上，灯盏的双眼一落在牛轭身上，就两眼放出一种亮光来。

光明觉得家里不仅放了一只羊，还有一头头牛。光明一走近牛轭就

闻着一头头牛的气息。看着父亲痴呆的样子，光明心中满是迷惘。

灯盏把魂儿落在九子岭，怕是回不来了。也多亏了这副牛轭头，让灯盏在城里的日子看上去不那么孤单。

光明是个摄影爱好者，平日没事就爱拿个相机到处瞎转悠。光明想拍出一件满意的摄影作品参加一个全国摄影大赛，一直没法完成这个心愿。有天光明的目光落在父亲和牛轭上时，他心里一动，悄悄地拍下父亲搂着牛轭坐在阳台上痴痴着天的一幕。

几个月后，摄影大赛揭晓，光明的摄影作品《怀抱里的家园》一举拿下大赛的最高奖——金奖，光明一下子成了名人。有收藏家看中光明摄影作品里亮锃锃的牛轭，愿出30万高价购买这副牛轭。

面对30万的巨款，光明动心了，他试着跟父亲说了这事。灯盏一声不吭，抱着牛轭闭着眼定在阳台上。

光明知道这事黄了，心里有些痛惜，可惜了那30万，过了这个村，这副牛轭就是一文不值的牛轭，三十元也没人要。

那天傍晚，光明回到家，发现灯盏手脚落地，像一头牛定在阳台上，脖子上套着牛轭，昂着头望着九子岭方向的天。

光明震住了，叫了声爸，奔过去，爸，这是咋了，那牛轭我不过是说说玩的，哪会让你拿去卖掉。

你是俺儿，我知道你心里的小九九，你们想在多伦多买房子，还差二三十万，这牛轭你拿去换钱吧。灯盏的话一字一句地落在地上。

光明的心砸得生疼生疼，他突然朝灯盏跪下来，呜咽着说，爸，俺糊涂，这牛轭俺不卖了，多少钱也不卖。这牛轭是爸的魂是爸的命根……

灯盏用手摸着胸口，就摸到了蓝莹莹亮晶晶的天……

光明搀父亲起身时，看见父亲心中藏着一头头奔跑的牛。

老犟头

大冬天里，老犟头的大黄狗下了一大窝狗仔，整整八只。

老犟头伛偻着背，看见村人就迎上去一脸喜气地说，大黄下仔了，八只……

村人吓了一跳，后来才明白是老犟头养的大黄狗下仔了。村人就笑嘻嘻地说，老犟头，你有后了，恭喜恭喜。

老犟头这回一点儿也不生气，笑吟吟地说有后了有后了。

村人愣了一下，这话戳在了老犟头的痛处，可这回却像针扎进了棉花堆里。一个个都对着老犟头的背影摇头。

老犟头脾气犟，一根肠子拧到底，一直打着光棍，老了还是孤单单一个人。大前年，老犟头从野地里捡回了一只瘦脱了形的小黄狗，小狗只剩下半个鼻孔出气，村人谁见了都说养不活，让老犟头扔回野地里。老犟头死活不舍得，搂着小狗当命似的回了家，不吃不喝见天守着，硬是把小狗的命从阎王手里夺了回来。小狗把老犟头当成了救命恩人，只认老犟头一人，见了村里谁都一个劲地吠叫。这小狗长成了大狗，对村里的狗从不搭理，却跟外面的野狗勾搭在一起。村里的那些公狗也贱，放着村里的母狗不爱，成天追着大黄狗的屁股，却让外面的野狗占了先。大黄狗怀了野种，村里的那些公狗还不死心，成天追着抢着去套近乎。

一时间，村里人人都知道老犟头的大黄狗下了八只狗仔。

那天一大早，村长突然站在了老犟头的眼前。墙壁和屋顶四处透着光，北风在屋子里呼呼地叫着，里应外合。

老犟头惊呆了，他巴巴地望着村长，一时说不出话来。除了村里的那些公狗，他的屋子已十多年没有外人来过了。

村长不看老犟头，四下里察看着破旧的房子。这房子，该修修了。村长像是自说自话。

村——长。老犟头有些结巴地叫了声。

村长点了点头，说，老犟头，这屋子该翻新翻新了。

老犟头愣了，这些年里，为房子翻修的事他找了村长几十次，每次村长都打着哈哈。这次村长为翻修房子的事却自己上门来了，老犟头有些感激地说，村——长。

村长又点了点头，说，老犟头，这房子翻修的事就交给我了，我去想想办法。村长顿了一下，盯着眼前的大黄狗和一窝狗仔说，我这个村长当这个家也是有经难念，为了村水库的那笔维修金，我上蹿下跳跑断了腿，水利局的领导才肯下村来检查指导工作，这不，领导们想吃土生土长的烤乳狗，除了大黄，村里的母狗这阵子都没下仔。老犟头，你说，这不是让我犯难嘛。可为了一村子人，再难的经我也要一心一意念啊。村长突然意味深长地盯了老犟头一眼，就走了出去。

村——长。老犟头又结结巴巴地叫了声。

村长走后，老犟头眼巴巴地盯着一窝狗仔，呆了好长时间。

老犟头偷偷地捉了一只狗仔，给村长送了过去。村长家院子里泊着两辆黑色小车，屋里传出搓麻将的声音。

村——长。老犟头怯生生地蔫在院子里，结结巴巴地叫了声。

村长应了一声，从屋子里走出来，淡淡地说，是老犟头，狗仔就放墙角的笼子里。说着又转身进屋了。

老犟头到了笼子边，轻轻地放下狗仔，转身离开时心突然很痛。

老犟头的心痛了一整个冬天。村里不断地有上面的领导来，村长的身影也一次次出现在老犟头四面透风的屋子里，村长唉声叹气：这上面的领导们来乡下就惦着吃土生土长的烤乳狗。老犟头只好一次次把一只只狗仔送进了村长家的笼子里。

只剩下最后一只狗仔了，老犟头的心一直悬在针尖上面。大黄狗已同他越来越生分了，有时大黄狗像仇人似的紧盯着他，让他的心扎针似的疼。

村长又一次出现在了老犟头的眼前。

老犟头抱着头蹲在地上，一声不吭。

村长丢下话：老犟头，你可想好了，这回是民政局的领导，我想了很多办法他们才肯下村来。

老犟头呆坐在北风呼叫的屋子里，想了很久，还是狠心把最后一只小狗给村长送了过去。

大黄狗被关在屋子里，疯了似的嘶叫着。

老犟头抱着小狗一路走一路落泪。老犟头踉跄着回到家，把大黄狗放了出来。大黄狗盯着老犟头看了一阵，就走到一边了。

老犟头送走最后一只小狗，大黄狗就一直不吃不喝，成天呆呆地望着远处大龙山的脊梁。老犟头也一下子没了精神跑了心气，他搂着大黄狗无声无息地落泪。

大黄狗终于撇下老犟头走了，把老犟头扔在一个冷清清的世界里。

老犟头将大黄狗葬在家对面的大龙山上。站在坟前，老犟头突然呜咽着扑通一声给大黄狗跪下了，这时老犟头听见自己生命里一声沉闷的回响。

蚂蚱

韩得福的两亩三分田叫村里镇上给盯上了。村里镇上正打公路两边田的主意，想低价从村民们手里“征收”过去，再高价卖给想在公路两边盖房的村民。这一买一卖村里镇上就赚大了。

村长程久亮蹲在田头边上第一次跟韩得福说“征收”田的事儿，韩得福像一条被人从水里打上岸的鱼儿，一张一合地动着嘴巴，一句话也说不出。程久亮瞥了韩得福一眼，猛地捉住了草丛里一只蚂蚱，那只不大不小的蚂蚱奋力挣扎着。程久亮突地掐住了它的脖子，蚂蚱挣了两下，就老实多了。韩得福看得心怦怦地跳得老高的，头上的汗水也在滋滋地冒着。程久亮又瞥了韩得福一眼说，得福，这蚂蚱可是城里人餐桌上的一道“山珍美味”，就那么一小碟，要好几十元。韩得福有些结巴地问，村——长，城里人真咽得下这蚂蚱儿？程久亮笑了笑说，得福，这蚂蚱可是一道野味，养人得很，我就吃过不知多少回了。这油炸过的蚂蚱吃在嘴巴里，嘎嘣一响，那才叫有滋有味。

韩得福心里是嘎嘣一声。村长说说停停，韩得福却一直咬着牙不再吭声。

程久亮笑了笑，忽地站起身，将手中的蚂蚱嘎嘣一声掐成了两半，掷在了稻田里，说得福，我走了。说着甩了甩手就头也不回地走了。

韩得福立在田埂边，盯着稻田里脑袋与身子不在一处的蚂蚱发呆。

村长说过这事后，韩得福成天神情恍惚，心中老是嘎嘣一响。他一天几趟往田头跑，往往一站就是大半个时辰。韩得福是庄稼地里远近有名的一把好手，侍候田地就像亲娘侍候做月婆的女儿一般上心，那一串串的稻穗沉得拽手，远远近近的人都知道这是韩得福种的田。

韩得福一下子病倒了。村长说过“事”后，就再也没找他说“事”。韩得福倒是见村长的身影不时地出没于其他有田在公路边的村民家。他们的谈笑声从屋子里飞出来，砸得他心惶惶的。他的田亩数是最多的，村长倒像把他忘干净了。

韩得福得的是心病。有几次，他看见村长进了别的村民家说“事”，他很想走进去，乘机向村长表个态，同意“征收”自家的田，支持城镇化建设。但他却迈不开腿，田地是他韩得福的命根子，村里要是拿走这两亩三分田，也剜走了他的心。

没想到儿子安庆治好了韩得福的心病。

安庆大学毕业后在外省工作，安庆告诉父亲：村里这是非法侵占农民的土地，现在已有《物权法》专门保护农民的土地，农民不仅要知法守法，还要懂得用法律来维护自己的权利……韩得福很高兴，心说儿子的书真的没白念，可他还是提醒儿子说，这是在乡下，一旦和村长拧上了劲，得罪了村长不说，还得罪了那些想在公路边建房的村民，这日后在村里咋活人啊。安庆在电话那头想了想给他出了个主意，让他联合其他十几户一起反对这事，一条绳子连着好多只蚂蚱，这“征收”田地的事只能黄了。

又是蚂蚱。不过这回蚂蚱是儿子用来对付村长的。韩得福的心病一下子痊愈了。他忙去联合了十几户不想被“征收”田地的村民，商量好了一起反对村里“征收”田地的事。就这样大家成了儿子说的一条绳上的蚂蚱。

村长依然不找他说“事”。韩得福老是见村长的身影出没于那些村民家，包括那十几户一条绳子连着的蚂蚱。韩得福看见他们同村长说说笑笑，像一家人亲热得让人眼馋。

韩得福忍不住上村民王晓飞家串门，王晓飞也是一条绳子连着的蚂蚱。韩得福几次想同他唠叨一下村长说的“事”儿，可都被王晓飞有意岔开了。韩得福只好知趣地离开了。

在路上韩得福只要一看见一条绳子连着的“蚂蚱”，便想迎上去同大家唠叨一下村长说的“事”儿，可“蚂蚱”们却远远避开了。

韩得福突然觉得一条绳子连着的“蚂蚱”们不可靠了，心中又是嘎

嘣嘎嘣地响着。

熬到春种时，公路两边的田不见一丝动静，只有韩得福一人在田头上忙乱着。这天，韩得福在田里吆喝着牛耕田，公路两边空荡荡的，他心里也空荡荡的，心中又是嘎嘣嘎嘣地响着。犁了几圈后，韩得福突然喊出了几个字：油炸蚂蚱。他扔下犁，连牛也顾不上了，拔开腿往村长家跑去，他喘着粗气闯进村长家，幸好村长在家，不等村长开口说话，他抢先说，村长，我同意村里镇上“征收”田的事，以前我一直寻思着我家的口粮要靠这两亩三分田，田要是没了，哪来的粮养活一家人。现在我一下子想通了，为了镇里的城镇建设，我豁出这两亩田来。

程久亮淡淡地笑了笑，安慰说，得福，想通就好。

出了村长家，韩得福突然直想哭，一路抹着眼泪。

晚上，正巧儿子安庆打电话回来，韩得福劈头骂了一句：你个兔崽子，一肚子书算是白念了，让老子当了回油炸蚂蚱。说着狠劲撂下了电话。

蚂蚱？儿子心中嘎嘣一响，捏着话筒，一头雾水。